DREAMBOOKS★

정준 현대판타지 장편소설

MODERN FANTASY STORY & ADVENTURE

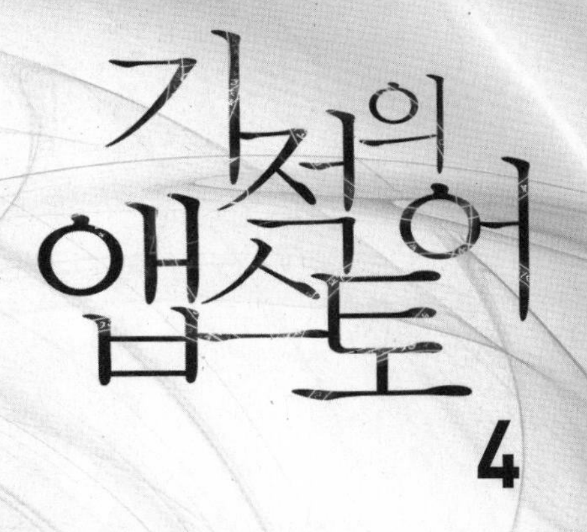

dream books
드림북스

기적의 앱스토어 4

초판 1쇄 인쇄 2015년 6월 19일
초판 1쇄 발행 2015년 6월 26일

지은이 정준
발행인 오영배
책임편집 편집부

펴낸 곳 (주)삼양출판사 · 드림북스
주소 서울시 강북구 도봉로 173
대표 전화 02-980-2112 **팩스** 02-983-0660
출판등록 1999년 3월 11일 제9-00046호

ISBN 979-11-313-0240-8 (04810) / 979-11-313-0236-1 (세트)

+ 이 도서의 국립중앙도서관 출판시도서목록(CIP)은 서지정보유통지원시스템홈페이지(http://seoji.nl.go.kr)와 국가자료공동목록시스템(http://www.nl.go.kr/kolisnet)에서 이용하실 수 있습니다. (CIP제어번호: 2015016517)

정준 현대판타지 장편소설

MODERN FANTASY STORY & ADVENTURE

기적의 앱스토어

4

dream books
드림북스

기적의
앱스토어

목차

제1장

오빠는 여동생의 눈물에 껌뻑한다

얼마 전, 김수진에게 연락을 했다.

다른 게 아니고 양추선과의 만남을 해명하기 위해서다.

지우는 평소 그녀에게 빚진 것이 있어, 그걸 보답하기 위해 홍대에서 만나 식사 약속을 잡았다.

하지만 만남 도중에 불청객이 찾아왔고, 양추선에게 불길함을 느끼고 그녀를 억지로 집으로 보냈다.

이후, 김수진은 나중에라도 괜찮으니 어떻게 된 영문인지 설명해 달라고 부탁했다.

당시에 그 자리에 있던 김수진 역시 친구와 불청객의 분위기가 심상치 않은 것을 보고 제법 걱정했다.

듣자 하니 여동생의 수능이 끝난 이후까지 쭉 걱정하며 기다렸다고 했고, 그런 그녀를 안도시키려고 압구정 역 부근에서 약속을 잡고 다시 만났다.

"그때는 어떻게 된 거야? 얼마나 걱정한 줄 알아?"

압구정 역 부근, 로드 카페.

리즈 스멜트의 회장, 한도공의 도움으로 낸 분점에서 지우와 김수진은 서로 마주 봤다.

김수진은 연락을 늦게 한 지우가 제법 마음에 안 들었는지, 약간 토라진 얼굴이었다.

'어떻게 설명하지?'

종족에 상관없이 자유자재로 변신하는 능력을 가진 여자와 좀 싸우느라 늦었다, 라고 한다면 당연히 미친놈 취급받기 십상이다.

아무리 대학생 시절 첫 학기부터 친해졌고, 그 이후로 별로 싸우지도 않고 깊은 신뢰를 맺어왔다 하여도 그런 얘기를 믿을 리 없다. 설사 믿는다 해도, 굳이 그런 이야기를 해줄 필요는 없었다.

너무 고민하면 괜히 의심을 받아 추궁 받을지도 모르니, 지우는 약간의 생각을 한 뒤에 입을 열었다.

"그게, 옛날에 사귄 여자 친구였는데……."

"허언증 있니? 장난치지 말고 제대로 말해. 상식적으로 너 같은 놈에게 그런 미녀, 아니 여자가 붙을 리가 없잖아."

"……."

친구에게 이렇게까지 저평가당한 게 왠지 억울한 지우는 김수진의 턱을 한 방 날리려는 걸 가까스로 참아 냈다. 그리고 그녀가 좀 더 믿을 만한 변명을 생각해 냈다.

"그게……."

하지만 머리를 굴려 봐도 적절한 변명거리가 나오지 않는다. 어떻게든 답변하려 했지만, 입이 쉽게 떨어지지 않았다.

무척이나 곤란해 하는 그의 모습을 보고, 김수진은 한숨을 내쉬며 선수 쳐서 말을 꺼냈다.

"보아하니 무슨 사정이 있는 것 같은데, 그렇게 곤란해 하는 얼굴을 하니 물어볼 수도 없잖아. 굳이 묻진 않을게."

"고마워."

지우는 사막 한가운데서 오아시스를 발견한 것 같은 얼굴로 환히 웃었다.

"일은 잘 해결된 거야?"

"응. 문제없이 좋게 해결했어."

죽여서 해결했다는 말은 입이 찢어져도 말 못 하지만.

"대신, 내게 걱정을 끼친 죄는 비싸다고? 그러니까 그 벌칙으로 오늘 하루는 나와 어울려줘."

"어울려 달라니?"

"당연히 밥 한 끼 대접이랑, 쇼핑 도우미지."

"히익!"

쇼핑이라는 말에 얼굴에 흙빛을 띠며 기겁하는 지우였다.

*　　*　　*

김수진과의 쇼핑은 길었다.

역시 여자라서 그런지, 아니면 김수진이라서 그런지는 모르겠지만 사지도 않을 거면서 계속 구경하고 입었다가 '이거 어때?' 라고 수십 번은 물어보는 걸 보니 오장육부가 뒤집어질 것 같았다.

그 외에도 마치 짐꾼이 된 마냥, 주렁주렁 쇼핑백을 들고 거리를 걷다 보면 현실인지 아니면 꿈을 꾸고 있는지 헷갈릴 정도로 기력이 쫙 빠졌다.

진심으로 차라리 앱스토어의 고객과 피 튀기는 혈투를 하는 것이 나을 거라고 느낀 지우였다.

그래도 도중에 김수진은 쇼핑을 도와준 기념 반, 그리고 여동생인 지하의 수능을 축하해 주는 기념 반으로 옷 한 벌을 사서 전해 달라고 하였다.

지우는 김수진에게 고맙다고 전하고, 그녀와 헤어지자마자 곧바로 집으로 향했다. 물론 자취하고 있는 집이 아니라, 여동생이 있는 본가였다.

그러나 집에 도착한 그는 손에 든 쇼핑백을 떨어뜨리며 깜짝 놀라고 만다.

"오빠……?"

누구보다 소중하며, 웬만한 일엔 감정의 동요가 없는 여동생이 조용히 눈물을 흘리며 거실 소파에 앉아 있었다.

"지하야! 무슨 일이야?"

지우는 헐레벌떡 그녀에게 다가가 어깨를 붙잡고 걱정스레 물었다.

"혹시 어머니나 아버지가……?"

불과 얼마 전, 어머니가 교통사고를 당했던 기억이 머릿속으로 스쳐 지나갔다.

그러자 불안감이 등줄기를 훑고 온몸을 지배했다.

심장은 성난 소마냥 날뛰기 시작하고, 한기가 온몸의 기온을 떨어뜨렸다. 손에 힘이 팍 들어가고 이마에는 땀방울이 송골송골 맺혔다.

그 뒤로 찾아오는 건 당연히 양추선을 불러들인, 엘릭서까지 제조할 수 있는 상품 파나세아다.

'젠장! 아직 확인도 하지 못했는데!'

양추선의 일이나, 여동생의 수능, 그리고 김수진의 걱정 등이 합쳐서 그만 파나세아를 확인하지 못했다.

아직 제조를 하는 방법도, 그 기간도 알지 못하니 애가 탔다. 그래서 반사적으로 주머니에 있는 스마트폰을 찾아 엘릭서를 구입하여 긴급으로 배송시켜야 한다고 생각했다.

"아니야. 아빠는 일 나가셨고, 엄마는 친구들이랑 놀러 나가셨어. 두 분 다 괜찮아."

"휴우!"

최악의 결과를 벗어났다는 지하의 말에 지우는 자기도 모르게 깊게 안도의 한숨을 내쉬었다. 그리고 동시에 무슨 이유로 우는 건지 의문이 생겼다.

영화나 드라마에 자주 나오는 전개인 양파를 썰다가 눈물을 흘린 것처럼 보이진 않는다.

부엌이 아니라 거실에 있었으니까.

"그럼 무슨 일로 울고 있던 거야?"

"그게……."

지하는 걱정하는 오빠의 마음을 진정시키기 위해서인지,

흘리던 눈물을 닦아냈다. 그리고 약간 낮게 가라앉은 목소리로 차근차근 설명했다.

그녀는 고등학교 일 학년 때부터, 봉사활동을 다녔다 한다. 처음엔 그저 내신 때문에 한 것이었으나, 봉사활동을 다니다가 뿌듯함도 느끼기도 하여 내신을 다 채웠는데도 가끔씩 방문하여 봉사했다 한다.

'이런, 항상 가족들을 생각한다고 한 주제에 지하가 뭐 하고 다니는지도 몰랐네. 반성해야겠어.'

가끔씩 내신 때문에 그녀가 봉사활동을 다닌다는 것은 알고 있었으나, 설마 지속적으로 다닐 줄은 몰랐다.

속으로 좀 더 가족에게 관심을 갖자고 반성한 그는 지하가 하는 말에 경청했다.

그리고 이후 이야기를 들으면서 화를 참아낼 수 없었다.

지하가 봉사활동 하는 곳은 노인복지시설, 즉 양로원이었다 한다. 다만 그 양로원에는 문제가 있었다.

그곳에서 일하는 간병인들 때문이었다.

걸핏하면 얼굴이 불룩해지며 성을 내거나, 함부로 말하는 등의 태도부터 시작하여 요양원에 들어간 노인 분들을 제대로 복지하지 않았다는 점이다.

원래부터 문제였으며, 이후 결국 어떤 간병인이 거동이

불편했던 노인에게 혼자서 화장실 다녀오라고 하는 만행을 저지르게 된다.

결국 그 노인은 화장실을 가는 도중 넘어져서 계단으로 굴러떨어지는 사고를 당해 사망했다 한다.

그리고 그 노인이 평소 지하가 친하게 지냈던 분으로, 지하가 오면 항상 선하게 웃어 주면서 사탕을 챙겨 주는 등 좋은 분이었다 한다.

'쯧……뉴스에서 가끔 보긴 했지만 설마 이런 일이 내 주위에도 벌어질 줄은 몰랐구나.'

양로원 모두가 그런 건 아니지만, 가끔 복지시설인데도 불구하고 복지가 제대로 이뤄지지 않아 사회 문제로까지 이어지는 사건이 종종 있다.

예를 들면 간호조무사가 투병 중인 노인 앞에서 사진을 찍고 SNS에 올려 욕설을 한다는 등, 어이가 없는 걸 넘어 천인공노할 짓을 하는 경우도 있다.

이렇게까지 대놓고 양로원에 있는 노인에게 화를 내고, 제대로 돌보지 않는 경우는 몇 없지만.

"양로원에 있는 다른 분들도 걱정이야. 무슨 방법이 없을까……?"

걱정 가득한 얼굴로, 눈가에 살짝 물기를 머금은 지하가 아래에서 위를 올려다보는 모습에 무척 마음이 흔들렸다.

기본적으로 가족의 부탁을 거절하지 못하는 지우는 그런 지하를 보고 어찌해야 할 줄 몰랐다.

'끄응. 마음 같아선 생면부지인 사람들을 뭐 하러 돕냐고 하고 싶지만…….'

알다시피 정지우라는 인간은 결코 선인이 아니다.

눈앞에 바로 닥친 현실이 아니라면, 굳이 찾아가서 돕지 않는다. 만약 자신이 지하의 입장이라서 돕고 싶다는 마음이 생겼다면 모르지만, 그렇지 않으니 굳이 도와줘야하나 싶었다.

'에휴. 내 여동생은 너무 착해서 문제야.'

어릴 적부터 그 심성이 착하다는 건 알고 있었지만, 이 정도일 줄은 몰랐다.

하지만 그게 나쁘다고 생각되지는 않았다. 여동생이 그만큼 착하다는 건, 오빠로서 대견하고 자랑스러웠다.

그렇지 않으면 지우가 이렇게까지 여동생, 나아가 가족을 위해서 헌신하지도 않았겠지.

'그래, 도와주자.'

고민은 길지 않았다.

가족이 울고, 슬픈 표정을 짓는 건 싫다.

특히 어릴 적부터 너무 일찍 철들어, 어리광 하나 부리지 않고 성숙하게 지낸 지하에겐 어떤 부탁도 들어주고 싶은 마음이었다. 지우에게 가족은 그런 존재였다.

그래서 그는.

"지하야."

하나밖에 없는 여동생을 끌어안으며.

"오빠만 믿어. 오빠가 해결해 줄게."

도와주기를 약속했다.

*　　*　　*

복지단체임에도, 제 할 일을 하지 않는 복지단체에 있는 노인들을 구하려면 어떻게 해야 할까?

자신의 여동생에게 호언장담한 그는 일단 그녀가 알려준 양로원에 대해 심부름센터를 고용해서 조사하라 했다.

얼마 뒤, 양로원에 대해 대략적으로 알 수 있었다.

서울에서 그다지 멀지 않은 경기도에 위치한 양로원이며, 국가의 지원금을 받으면서 사회복지법인이 운영하는 시설이라 한다.

약 십여 년 정도 됐으며, 규모는 그다지 크진 않았다.

입소한 노인 분들은 약 백여 명 정도였다.

다만, 심부름센터가 수집해 온 정보에 의하면 이 양로원의 원장의 뒤가 제법 구린 모양이었다. 소집해 온 약간의 정보만 봐도 그는 정부에서 지원해 주는 예산을 따로 빼돌린 듯했다.

“이놈은 바보인가? 심부름센터 직원이 조사하는 것만으로 증거도 왕창 나오고. 신고하면 골로 갈 테니 문제는 없지만…….”

사건이라면 혈안이 된 신문사나 방송사의 기자들에게 제보한다면 양로원 원장의 문제는 없다. 알아서 언론이 처리해 줄 터. 게다가 국가에서 감사가 온다면 금세 증거가 발견되고 파멸에 이를 것이다.

“그동안 들키지 않았던 건 자식에게 버려지고, 정신적 육체적 질환이 있는 노인들만 데려와서 그렇구나. 혼자서 아무것도 못 하는 노인 분들이라면 비리가 알려질 리도 없지. 게다가 그리 큰 규모도 아니고.”

규모가 크다면 단연 관심도 많지만, 그렇지 않으면 관심도 없다. 게다가 양로원 대부분이 그렇듯이, 가족에게 버려지거나 혹은 가족조차도 부양할 수 없을 정도로 심각하게 병환인 노인이 많은 편이다.

그 점을 악용하여 정부에서 나오는 예산을 빼돌려서 사적인 용도로 쓴 것. 이걸 처음 알게 되고 욕이 절로 튀어나왔다.

"나도 돈에 환장했지만……참으로 답이 없구나."

비록 자신은 나서서 선행을 하지 않는다.

하지만 선행을 자처해 놓고, 그걸 이용해서 남의 등골을 빼앗아 먹는 것과는 차이가 존재한다. 이쪽이 더 질이 나쁘다.

"제보만 하면 기자들이 벌떼처럼 모여드니, 향후 처리는 괜찮아. 다만 그사이에 노인 분들은 상당한 스트레스가 쌓이게 될 거야. 우리나라 기자는 답이 없으니까."

인터뷰 대상에 상관없이, 모든 규칙을 무시하며 '진실을 알 가치가 있다!' 라는 언론 깡패들은 상대의 기분을 생각하지도 않고 기사거리를 따내는 데만 혈안이 돼 있다.

몇몇은 '아무리 그래도 병환이 있는 노인 분들에게 무리하게 취재를 할까?' 하겠지만, 종종 현실이 판타지보다 더 판타지인 법이다.

물론 그렇다고 모든 기자가 이렇다는 건 아니다. 다만 생각보다 많다는 의미였다.

"최종적으로 좀 더 좋고, 안전한 양로원으로 옮기겠지만 그러려면 아무래도 시간이 걸려. 게다가 만약의 확률이지만, 비슷한 환경의 양로원에 가기라도 한다면 최악이야. 그건 좋지 않지. 지하가 만족할 수 있는 완벽한 결과가 나와야 해."

어떻게 해야 지하가 좀 더 만족스럽고 기뻐해야 할까 생각하니 머리가 과열될 것처럼 빠르게 회전했다.

원래 그는 생면부지의 남을 위해 이렇게까지 생각해 주는 사람이 아니다. 안 하던 짓을 하려니 머리가 아파왔다.

그래서 책상 앞에 가만히 앉아, 머리를 굴리고 인터넷으로 조사를 하고 펜을 굴리고 키보드를 두들기는 등 수많은 고민과 생각 끝에 한 가지 방법을 겨우 도출할 수 있었다.

"그렇다면, 노인 분들을 대신 모실 요양원을 만든다."

과거의 정지우라면 불가능하지만, 현재의 정지우에게는 충분히 가능한 일이었다.

"경기도 의정부시의 땅을 산다고 하면, 대충 시세가 1평에 백만 원이니까……넉넉하게 100평이면 1억 원이다. 로드 카페 한 달 순익보다 적으니 부담스럽지는 않아."

물론 한 달 수익이 날라 가는 게 조금 가슴이 쓰리지만, 그래도 이 정도는 아주 크게 문제가 되는 건 아니다.

"건설비용에, 시설비용까지 합하면 십억이면 충분하겠

지만……이러면 제법 부담스러워지겠어.”

세이렌의 수익은 모조리 세이렌 투자에 힘쓰고 있으니, 자신이 쓸 수 있는 돈은 로드 카페에서의 수익이다.

연간 순익이 44억 정도가량 되니, 사분의 일은 나간다. 그 외에도 앱스토어를 위해 만약의 돈도 저금해야 하는 걸 생각하니 위가 찌릿찌릿 아파왔다.

“잠깐, 이거 잘하면 괜찮은 홍보가 되겠는데?”

그 순간, 뇌리에 스치는 것이 하나 있었다.

‘선행은 악행만큼은 아니지만, 그래도 사람들에게 알려줄 수 있어. 특히 내가 노인 분들을 데려오고, 비리가 터진다면 나에게도 집중되겠지.’

사업 얘기로 빠지니 머리가 갑자기 빨라지는 느낌이 들고, 마음도 한결 편해진다.

‘비록 얼굴은 알려지지 않았지만, 나는 지금 한창 잘 나가는 로드 카페의 주인으로 이름만큼은 유명해져 있어. 거기에 순수하게 선행이라는 의도로 요양원을 지었다고 인터뷰를 한다 치자. 그렇다면 내 명성은 한 번에 오른다.’

명성을 위해서 선행을 한다는 사고방식 자체가 좀 잘못된 것 같았지만, 그래도 처음에는 여동생을 위해 했다고 생각하면서 양심의 가책을 좀 덜 수 있었다.

이거야말로 정말 양심 없는 자기합리화!

항상 양심이 찔려, 좀 편해질 방법 없을까 하고 방법을 찾는 기업가들에게 이 얘기를 해 주면 '자네는 나보다 더한 새끼구만!' 하고 소리를 들 수 있는 생각이다.

'어쩌면 이거 꽤 괜찮은 사업으로 발전할 수 있겠어. 요양원을 지을 때 시설을 엄청 좋게 하고, 대단하다고 소문만 난다면 돈 좀 있는 자식들이 부모님을 보내오면서 큰돈을 지원해 줄지 몰라. 으흐흐!'

어느새 마왕으로 돌아와 음흉하게 웃는 지우였다.

'어쩌면, 세계에서 제일가는 요양원을 만들 수도 있어!'

*　　*　　*

노인복지시설을 만들어 운영할 계획을 세운 그는 책과 인터넷 등을 이용하여 많은 시간을 투자해 알아봤다.

덕분에 양로원을 만드는 것이 쉽지만은 않다는 것을 알 수 있었다.

처음에는 문제의 양로원처럼 복지시설을 운영하며 이익을 창출하는 사회복지사업(社會福祉事業)을 하려했다.

그러나 사회복지사업은, 국가에서 해야 할 사업을 민간

에 위탁하여 재정을 지원하는 사업이다.

즉, 운영은 민간에서 하지만 그 운영에 대해서는 국가가 관리 감독을 하게 된다는 의미다.

게다가 사회복지법인을 통한 양로원의 경우는, 영리 성격을 가질 수가 없다. 그렇게 되면 시설장 교체, 시설 폐쇄 등으로 징계를 먹는다. 아마 문제가 된 양로원은 이후 그렇게 될 것이다.

사회복지사업은 비영리사업이다.

예를 들어서 운영을 굉장히 효율적으로 잘해서 약간의 돈이 남았다 하자. 그럼 그 돈은 시설이나 입소자를 위해서 써야한다. 사적으로 쓸 수 없다는 것이다.

또한 위와 같은 경우는, 회계 방식 자체가 연 단위 회계 방식인데 해당 회계연도에서 남은 돈은 모두 국고에 반환해야 한다는 사정이 있다.

국고에 반환하기 싫으면 어떻게 해서든 시설이나 입소자를 위해서 써야만 했다.

더불어 사회복지사업을 하려면, 사회복지설립을 해야 하는데 이 과정이 정말 복잡하고 머리가 아프다.

보건복지부장관의 허가를 받고 사회복지법인을 설립해야하며, 국가 또는 지방자치단체 외의 자가 시설을 설치 ·

운영하고자 할 때에는 시장, 군수, 구청장에게 신고하여야 한다.

시설의 운영자는 화재로 인한 손해배상책임에 대비하여 책임보험에 가입하여야 하고, 시설의 장은 시설에 대하여 정기 및 수시로 안전점검을 실시하여야 하며, 상근하여야 했다.

각각의 시설은 수용인원이 300인을 초과할 수 없고, 후원금은 수입, 지출 내용과 관리에 명확성을 확보한다.

가장 중요한 것은 사회복지법인 및 사회복지시설을 설치, 운영하는 자는 사회복지사를 채용하여야 한다.

"머리가 탈 것 같네."

전문 서적이나 법 등을 살펴보니 뇌가 탈 것 같았다.

하기야, 복지시설을 만드는 게 쉬울 리가 없었다.

지우는 노인복지시설을 통해서 약간의 사업도 하고, 이익도 창출할 생각이었기에 사회복지사업에는 맞지 않았다. 차라리 국가의 지원금을 안 받는 편이 좋았다.

솔직히 수많은 노인을 도울 생각은 없었다. 자신의 그릇에 맞는 수준에, 지하가 친했던 문제의 양로원 사람들만 도울 생각이었다.

즉, 지원금 받아가며 양로원 운영을 할 정도는 아니라는 소리다.

그렇다면 노인복지시설을 만들 수 없는 걸까?

아니다.

이 모든 문제를 해결할 수 있는 방법이 있는데, 바로 민간 설립이다.

사회복지사업에 대한 것이 나오기 전까진, 양로원은 국가 지원이나 보조와는 관계없이 종교단체나 순수한 민간단체가 양로원을 부설, 운영하는 경우도 있었다.

이럴 경우 국가의 관리도 필요 없게 되니, 복잡한 절차를 넘어가서 쉽게 말하자면 지우가 마음대로 운영할 수 있다는 점이었다.

다만 이런 경우, 운영하는 입장에선 상당히 좋지 않다.

양로원이라는 것은 기본적으로 갈 곳 없는 노인들이 저렴한 돈, 혹은 무료로 들어가는 장소다. 사업이 아니라, 정말 순수하게 봉사를 하는 것뿐이었다.

"그렇지만 난 수익을 충분히 낼 수 있지. 후후후!"

매번 인건비, 운영비가 나가는 것은 걱정할 필요 없다.

이 골치 아픈 사정을 해결할 수 있었으니까.

제2장

잔돈은 가져!

노인의 행복을 책임진다는 경기도의 노행 양로원.

시내에서 약간 떨어진 곳에 위치한 양로원 전체를 올려다보며 지우는 미간을 좁히고 생각에 잠겼다.

'심부름센터로 대략적으로 뭐하는 곳인지 조사는 해봤지만, 그래도 한 번 더 내 눈으로 조사할 필요도 있지. 그들이 놓쳤을 수도 있고.'

뒷조사에는 일가견이 있는 곳에 의뢰를 했다곤 하지만, 그래도 보는 시점에 따라서 다른 차이가 발견될지도 모른다고 생각한 지우는 문제의 양로원에 방문하였다.

"무슨 일로 오셨죠?"

문을 열고 들어서자마자, 직원으로 보이는 사람이 뚱한 얼굴로 방문 목적을 물었다.

"아, 어제 전화 드린 학생입니다."

지우는 관련도 없는데 무턱대고 찾아가면 의심만 살 뿐이라는 생각에, 어제 미리 전화를 해서 대학생 봉사활동이라는 이유를 갖다 붙이고 방문하기로 했다.

다행히도 대학생들이 봉사활동 하러 오는 것은 흔한 일이었는지, 노행 양로원 측은 별다른 의심을 하지 않았다.

"이쪽으로 오세요."

직원의 안내에 따라 지우는 양로원을 전체적으로 살피면서 발걸음을 옮겼다.

'이거, 정말 양로원이 맞나 싶은데…….'

사회복지시설이라면, 적어도 시설만큼은 나빠선 아니 된다. 그런데 어찌 된 영문인지 노행 양로원의 시설은 그다지 좋은 편이라고 볼 수가 없었다.

청소는 대충한 흔적이 보이고, 어떤 부분에는 가시 같은 것이 위험하게 튀어나와 있곤 했다.

건물 자체는 아주 오래된 정도는 아닌 것 같았지만, 관리가 소홀한 느낌이었다. 목이 살짝 걸릴 정도로 케케묵은 먼

지도 느껴졌다.

약 오 분 정도를 걸었을까, 방문 앞에 걸음이 멈췄다. 그리고 직원은 노크도 하지 않은 채, 방문을 획 열고 안으로 들어섰다. 지우는 그 뒤를 따랐다.

"이노옴! 어딜 갔다가 이제 와!"

썰렁할 정도로 아무런 장식 하나 없는 방 안.

병원이 아닐까 싶은 방 안에 들어서자마자 지우를 반긴 것은 노쇠한 불호령이었다. 지우는 흠칫 놀라며 목소리의 근원지를 찾았다.

휠체어에 앉아서, 담요로 무릎을 덮고 있는 노인.

한 분은 검버섯이 가득한 할아버지고, 한 분은 눈을 감고 꾸벅꾸벅 졸고 있는 인자한 인상의 할머니였다.

"밥은 주고 채려주고 가야 할 것 아니냐!"

할아버지가 두 눈을 부릅뜨고 고래고래 소리 질렀다.

직원은 그런 할아버지를 보고, 한숨을 내쉬며 대놓고 짜증 나는 듯 인상을 와락 구겼다.

"할아버지, 한 시간 전에 식사하셨잖아요. 기억 안 나세요?"

"무슨 소리야? 밥 먹은 기억 따윈 없어!"

"그야 할아버지가 치매 환자시니까 그러시죠. 아까 밥

드셨으니까 다시 밥 먹으려면 저녁때까지 기다려야 해요. 그렇게 아세요."

'응, 듣던 대로 개판이네.'

치매 환자를 상대하는 게 얼마나 힘든 건지는 지우도 잘 안다.

하지만 그렇다고 저런 태도를 보여서는 안 된다.

특히, 일반인도 아니고 양로원의 직원이다.

보아하니 간병인 같은데, 애초에 몸이나 정신이 불편한 노인 분들을 돌봐줄 사람이 저런 태도를 보이다니. 과연 제 정신이 맞나 싶었다.

'지하는 역시 착해. 저런 개새끼를 보고 조금 태도가 안 좋다고 표현하다니…….'

노행 양로원이라는 말도 안 되는 이름부터 바꿔야하지 않을까 싶었다.

직원 얼굴을 보면, 그 얼굴은 짜증이 가득 느껴질 정도로 일그러져 있고 말투도 좋지가 않다. 얼굴 표정이 너무 안 좋아서 뭐라 표현하기가 더 힘들 정도였다.

"후우……보다시피 할아버지는 치매 환자예요. 할머니의 경우는 난청까지 있어서 더 심하시고요. 학생 분은 두 분 곁에서 하루 종일 돌봐주시면 돼요."

직원은 자기 할 말을 다한 듯, 몸을 돌려서 나가려 했다. 그 모습을 보고 지우가 눈에 띄게 당황하면서 그를 잡았다.

"자, 잠시만요."

"예. 무슨 일이죠?"

"그게 다인가요? 뭐 조심할 점이나 그런 건 없어요?"

지우의 질문에 직원은 다소 귀찮다는 듯이 뚱한 어조로 대충대충 대답했다.

"화장실 가고 싶다할 때 화장실까지 데려다주면 돼요. 다행히 이 두 분은 벽에 똥칠하거나 하진 않으니 걱정하실 필요 없으세요. 식사 시간이 되면 방송이 나올 테니 안내에 따르시면 되고요. 그 외에는 그냥 놀아주시기만 하면 됩니다."

"끝인가요?"

너무 적은 정보에 당혹한 지우가 재차 물었다.

그러자 직원은 헛웃음을 흘렸다.

"이 정도면 됐죠, 뭐. 더 있겠어요?"

말을 끝낸 그는 주변을 슥 둘러보며 사람들이 없는 걸 확인한 뒤, 지우에게 무언가 대단한 이야기라도 하는 듯이 귓가에 속삭였다.

"그리고 할 일 많으면 학생 분도 싫으시잖아요. 보아하니 학생 분도 취업에 유리하시려고 억지로 나오셨죠?"

그 물음에, 어이가 없어 차마 대답할 수가 없었다.

직원은 지우가 아무런 말도 하지 않는 걸 보고, '내 그럴 줄 알았지.' 라는 의기양양한 얼굴로 말을 이었다.

"학생 같은 사람들 많이 오시니 양심의 가책 느끼실 필요 없으세요. 봉사활동 기록은 좋게 남겨줄 테니, 사고만 치시지 마시고 적당히 하다 가세요. 다만 그 대신에……아시죠?"

찡긋, 하고 한쪽 눈을 감으며 노인들에게 불친절한 것을 눈 감아달라고 말하는 직원이었다.

"예에……."

"서로 win — win이고 좋네요. 그럼 고생하세요."

이제 다시 부르지 말라는 듯, 손을 크게 흔들며 빠른 걸음으로 사라지는 직원이었다. 그의 뒷모습을 보고 지우는 하하, 하고 실소를 내뱉었다.

"막장은 여기뿐만이 아니었구나. 여기에 오는 사람들조차도 막장이었어."

직원의 말을 듣고, 이곳에서 대략 무슨 상황이 벌어지는지 알 수 있었다.

'요즘 봉사활동은 중고교생들뿐만 아니라, 대학생들도 무척 많이 한다는데……이게 그런 이유였나?'

대한민국 현대 사회는 심각한 취업난이다.

능력이 되도 자리가 없어서 못 들어갈 정도다.

그래서 젊은이들은 어떻게든 취업 경쟁에서 이기기 위해, 스펙을 필사적으로 높이곤 했다.

예전엔 다른 자격증 없이 일류 대학만 나와도 그럭저럭 통과됐지만, 이제는 아니다.

일류 대학뿐만 아니라 왜 땄는지 의문이 들 별별 희한한 자격증, 제 2외국어를 넘어 제3 외국어, 그리고 방금 전에 들게 된 봉사활동 등이 필요했다.

남들보다 조금이라도 더 앞서 나가는 점이 있어야, 취업 경쟁에서 살아남을 수 있다.

그중 봉사활동은 육체적인 힘듦보다 정신적인 힘듦이 더 큰 편이었다.

양로원이나 고아원 등에 봉사를 나간다면, 그들을 돌보는 게 보통 힘든 일이 아니기 때문이었다.

하지만 그래도 별수 없이 취업을 위해서라도, 봉사활동을 나가서 억지로 시간을 채웠다.

그 봉사 대상 중에서는 노행 양로원도 껴있었고, 그들은 이곳에 오자마자 복지시설인데도 불구하고 제대로 복지를 하고 있지 않은 이들을 보고 경악하게 된다.

그들은 처음에 여타 일반인들처럼 화를 내며, 신고하겠

다고 양로원 측에 항의한다.

이에 양로원은 준비했다는 듯이 타협점을 제시한다.

바로 봉사활동의 시간과 편안함이었다.

노행 양로원 입장에서 봉사단체를 막을 수는 없다. 국가에 등록된 복지시설이다 보니 봉사를 막는 것 자체는 어불성설이다.

그래서 노행 양로원은 좋은 방안을 하나 짜낸다.

바로 외부에서 온 봉사 단체, 젊은층들에겐 대충 쉬고 가는 걸로 봉사활동 시간을 증명해 주는 것. 그걸 대가 삼아서 못 본 척해 달라는 것이었다.

'하긴, 내부는 그렇다 쳐도 외부에서 봉사 단체가 오면 이 태도가 들키고도 남을 테지. 그게 의문이었는데 이런 걸로 막고 있었구나.'

양로원 측도 웃기지만, 또 그 제안을 받아들이고 눈감아준 봉사자들도 어이가 없었다.

'뭐라 할 말이 없네.'

쓴웃음을 지으며 뒤통수를 긁적이는 지우였다.

"그런데 넌 또 누구냐?"

잠시간의 상념을 깨는 목소리가 있었다.

몸을 돌리니 휠체어에 앉아 두 눈을 부릅뜨고 괄괄한 시선을 던지고 있는 할아버지였다.

“안녕하세요, 오늘 할아버지랑 할머니를 곁에서 보살펴 줄 대학생이에요. 봉사활동 하러 왔습니다.”

“호오, 봉사활동? 요즘 젊은이치곤 싹수가 노랗구먼.”

지우의 대답에 만족한 듯 웃는 할아버지였다. 그러곤 머리를 옆으로 돌려 꾸벅꾸벅 졸고 있는 할머니의 어깨를 툭툭 건들고 말했다.

“할멈, 이놈이 봉사활동 하러 놀러왔데.”

“……우웅? 뭐라고요? 잘 안 들려요!”

할머니는 눈을 감은 채로 나긋나긋, 느린 템포로 답했다. 그러자 할아버지는 가슴을 두들기며 속 터지겠다는 얼굴로 소리를 꽥 질렀다.

“봉사활동! 봉.사.활.동! 노친네들이랑 놀러 왔다고!”

“밥 먹으라고요? 나 아직 배 안 고파요!”

“어이구, 속 터진다! 속 터져!”

할아버지는 뒷목을 잡고 한숨을 토해 냈다.

“할아버지, 괜찮아요. 굳이 그렇게 설명 안 해 주셔도 괜찮아요.”

지우가 쓴웃음을 지으며 화를 내려는 할아버지를 말렸다. 그러자 할아버지가 그런 지우를 보고 머리를 갸웃하며 옆으로 기울이고 물었다.

"그래? 근데, 네가 누구라고?"

"……."

*　*　*

자기소개를 몇 번이나 반복하여 겨우겨우 두 노부부에게 인식시킨 그는 봉사활동을 하면서 노행 양로원에 상태를 파악하려 힘썼다.

하지만, 그다지 파악할 것도 없었다.

소음이 나지 않은 스마트폰 카메라로 여러 곳을 촬영하면서, 얼마나 상태가 없는 것을 알 수 있었다.

'근무 시간에 통화는 물론이고……몇몇 젊은 놈들은 셀카 찍기에 바쁘구나.'

근무 시간에 잠깐 통화하는 건 그렇다 쳐도, 한 자리에 앉아서 계속 통화하는 것은 문제가 된다.

어린 나이대의 몇몇 개념을 상실한 놈들은 도와줄 노인들을 빼놓고 셀카를 찍고 있었다.

"저, 학생……미안한데 내 휠체어 좀……."

노인 한 분이 정말 미안한 얼굴로 봉사활동을 온 학생에게 말을 걸고 있었다.

그러자 학생은 귀찮다는 듯, 눈살을 찌푸리면서 노인을 훑어보고 퉁명스럽게 말했다.

"좀 기다리세요, 지금 뭣 좀 하느라 바빠요. 왜 그렇게 인내심이 없으세요?"

인간이 악마보다 더하다는 말이 있다.

그 말처럼, 개념 상실한 놈 중에서도 최악으로 치닫는 인간들이 있었다. 그걸 보고 경악을 금치 못한 지우였다.

물론 직원이나 봉사자 모두가 그런 건 아니다. 소수긴 하지만 진심으로 봉사활동을 하거나, 도우려는 직원도 있었다. 하지만 어디까지나 소수일 뿐이었다.

'증거 수집할 것도 없구나.'

이 사진 몇 장만 공개하면, 알아서 해결해 준다.

굳이 큰 노력을 할 필요도 없었다.

정말 쉬울 정도로, 문제 되는 것이 너무 많아 뭐부터 지적해야 할지 고민될 정도였다.

"이놈아, 밥은 언제 줄 거야!"

휠체어에 타신 노부부 두 분과 함께 공원에서 쉬고 있을 무렵, 할아버지가 성질을 냈다.

"할아버지. 십 분 전에 점심 드셨는데요."

"으응? 무슨 소리야! 배에 기별도 안 가는구만! 혹시 네 놈 배 속으로 들어간 거 아니야?"

"제가 똥 쌀 테니 들어갔는지 안 들어갔는지 확인하실 래요?"

"방금 전에 먹은 밥은 정말 맛있었어!"

노부부를 돌보는 건 조금 힘들긴 했지만, 아주 힘든 건 아니었다.

휠체어를 끌어 주거나, 혹은 말동무를 해 주거나, 화장실 가는 걸 도와주는 정도였다.

물론 혼자서 하기에 조금 지치지 않을까 싶었지만, 앱스토어의 상품을 구입하여 육체 또한 인간의 한계를 뛰어넘은 지우는 전혀 지치지 않았다.

"느긋하고 좋네……."

노부부 옆, 벤치에 앉은 지우는 정면을 하염없이 바라보며 중얼거렸다.

바람은 적당히 불고, 구름 한 점 없는 날씨에 햇빛의 온도도 괜찮다.

항상 바쁘게 지내던 그는 이렇게 조용한 곳에서 앉아 멍하니 있는 것이 나름 만족스러웠다.

"자고로 사연 있어 보이는 노부부를 보면 말을 걸어야

하는 법이지…….”

지우는 알 수 없는 말을 지껄이며, 심심했는지 할아버지에게 말을 걸었다.

“할아버지는 원래 뭐하는 분이셨어요?”

“우웅? 이놈이 노망이 들었나, 왜 남의 사생활을 캐려고 들어?”

“그냥요.”

“좋아, 그렇게 궁금하다면 특별히 말해 주지.”

겉으로는 싫은 척하면서도, 내심 기쁜지 환한 얼굴로 입을 여는 할아버지였다.

“그다지 형편이 좋지 않은 집안에 태어나서, 학생 시절을 보내고, 군대에 다녀왔지. 아, 그러고 보니 내 시절에는 말이야…….”

치매가 와도 결코 잊혀 지지 않은 군대 이야기!

대한민국 남자라면 잊을 수 없는 기억이다.

“군대 이야기라면 대충 어떤 흐름으로 지나가는지 아니 안 하셔도 돼요.”

“뭐라고? 내가 들었던 포가 몇 mm인 줄 아느…….”

“아, 것 참! 군대 얘기 하지 말라니까요. 그런데, 포병이셨나 봐요?”

군대 이야기를 하지 말라고 하던 지우는 그렇게 군대 이야기를 대략 한 시간 가까이 했다.

그런 두 남자를 옆에서 지켜보던 할머니는, 분명 난청이 있을 텐데도 혀를 차면서 고개를 좌우로 절레절레 흔들었다.

"하여간 사내새끼들이란……."

여자 역시 나이를 먹어도 대부분 군대 얘기를 별로 좋아하는 편이 아니었다.

소개팅에 나가서 군대 얘기를 하는 것은 특히 금물! 그만큼 첫인상 이미지를 깎아먹는 행위도 없다.

할머니의 지적 때문에, 겨우 군대 얘기가 끝난 할아버지는 머쓱해하며 다른 이야기를 꺼냈다.

조상대 군번에 전역을 한 할아버지는, 이후 딱히 대단하다 할 삶을 살진 않으셨다.

공부해서 취업을 하고, 지금의 할머니는 우연찮게 만나고, 연애를 하고 결혼을 하고 자식을 낳았다.

그 뒤로는 아버지로서 남들과 똑같이 회사에 나가고, 자식을 돌보고, 세월이 흘러 지금이 됐다.

"자식들은요?"

지우가 눈치 없게 노부부들이 신경 쓰는 일 순위를 거론했다.

그러자 아까까지만 해도 불같았던 할아버지가, 굉장히 씁쓸하게 웃으면서 허옇게 질린 백발을 긁적였다.

"아무래도 요새 바쁜 모양이야. 오 년 전쯤에 이곳에 넣어주고, 연락이 통 없더만. 혹시 무슨 일이 있는 건 아닐지 걱정이여. 손주도 못 본 지 오래 됐고……."

"전화는 해요?"

"싹수없는 놈이라서 그런지 안 하더만! 불효자식이야! 불효자식!"

할아버지가 성난 얼굴로 몸을 부들부들 떨었다. 표정에는 짜증이라는 감정이 가득 묻어나있었다.

"그러게요, 천하의 쌍놈 년들이네."

지우가 할아버지의 말에 동의했다.

그러자 할아버지가 두 눈을 부릅뜨며 지우를 쏘아봤다.

"어허! 네놈이 뭐 길래 남의 자식을 욕해? 바빠서 그런 거지! 바빠서!"

"……."

말동무를 포기할까 진지하게 고민한 지우였다.

"에잉……노인 공경도 모르냐? 좀 배려하면서 대화를 이끌어 나가란 말이야!"

"노망나신 노인네께서 또 깽판을 치는군!"

"지금 뭐라고 했지?"

"엇, 아무 말도 안 했는데요."

치매 환자를 이용하는 악랄함!

이쯤 되면 노행 양로원 보고 욕할 자격이 되는지 의문을 가져야 할 정도였다.

"……자식 놈 보고 싶냐는 질문은 안 혀?"

"왜요?"

"보통 이곳에 처음 오는 놈들은 그건 꼭 묻거든."

할아버지가 뚱한 얼굴로 말했다.

그 말에, 지우는 턱을 긁적이더니 어깨를 으쓱였다.

"어차피 우울한 이야기밖에 나오지 않을 거잖아요. 안타깝게도 전 남의 정신 위로 같은 거, 잘못하거든요."

"에잉, 이런 미친놈은 또 처음이네. 쯔쯔쯔!"

"알아요."

혀를 차는 할아버지의 모습을 보고, 지우가 쓴웃음을 지으며 긍정했다.

보통 이런 양로원에 있는 노인들에게 자식에 대해서 물어봤자, 좋은 건 나오지 않는다.

그들이 사람인 이상, 자식들을 안 보고 싶을 리가 없다.

항상 외롭고, 쓸쓸하여 아들딸과 손자 손녀를 하루에 몇 번이라도 보고 싶을 것이다.

아니, 굳이 만나지 않아도 된다. 많은 게 부족한 노인들에게 있어선 전화 한 통화도 충분히 기뻐할 수 있다.

'길게 통화하는 것도 아니고, 하루에 5분 정도는 통화 한 번 해 줄 수 있을 텐데…….'

그런 생각을 하며, 씁쓸한 현대 사회에 복잡미묘한 감상을 늘어놓는 지우였다.

"어이구, 우리 아가."

그때였다.

한참 생각에 빠졌을 무렵, 할머니가 휠체어를 혼자서 겨우 끌고 와 그의 손등을 부드럽게 문질렀다.

이에 눈이 절로 옆쪽으로 돌아갔고, 주름 사이 걱정이 가득한 할머니의 눈과 마주할 수 있었다.

"이 어미 때문에 항상 고생이 많네. 바쁠 텐데 이렇게나 와 주고."

"……."

할머니는 지우가 자식인 줄 알고 헷갈려 하고 있었다.

그녀는 진정 지우를 친아들이라고 생각하는 듯, 환한 얼굴로 입가에 웃음을 가득 맺고 기뻐하고 있었다.

"며늘 아가는 어디 있니? 아, 건강이 좋지 않았다 했나?

싸운 건 아니지?"

"저 아직 결혼 안 했어요."

"어휴, 이놈아! 내 그러니 공부 좀 열심히 하라 했지? 그렇지 않아도 니 애비를 닮아서 못 생겼는데……공부라도 잘해야 여자가 오지!"

"할아버지, 예전에도 추레하셨군요."

대충이라도 맞장구치면 될 텐데, 어떻게 된 건지 이놈의 성격파탄자는 노부부를 하나도 배려하지 않고 할아버지에게 대뜸 말부터 걸었다.

"네놈의 피는 무슨 색이더냐?"

할아버지가 기가 막힌 듯이 물었다. 마치 인간이 아니라 악마가 아닐까 싶은 의도가 숨겨져 있었다.

"아가, 슬슬 어두워질 텐데……이제 돌아가지 않아도 괜찮아? 우린 어차피 둘이 있으니 심심하지 않혀. 차 끊기기 전에 얼른 집에 가야지."

좀 더 있어도 괜찮을 텐데.

할머니는 순수하게 자식들이 혹시라도 어두워져 무슨 사고라도 당하지 않을까 하여 무척이나 걱정하고 있었다.

가슴이 다 아플 지경이다.

"할아버지, 보아하니 자식들 좀 보고 싶어 하는데 차라리 찾아가는 건 어때요?"

"예끼! 이놈아, 이 몸으로 어떻게 찾아가? 게다가 여기서 일하는 놈들도 그러면 싫어해. 개인의 감정 때문에 젊은 놈들 방해할 수는 없지."

하고 눈을 돌려 양로원의 정문을 살펴보는 노인이었다.

할아버지의 눈동자는 무척 애달파 보였다.

정문은 엄중한 보안이 얽혀 있는 듯, 적색 불이 들어온 무언가의 시스템이 달린 쇠창살문이 보였다.

지우에게는 도둑의 침입을 저지하는 든든한 방벽이었으나, 노인들에겐 감옥의 문이나 다름없이 보일 것이다.

실제로 이 노부부뿐만 아니라 다른 노인들은 저 정문을 하염없이 바라보면서 우울한 눈으로 한숨을 쉬곤 했다.

"여기 일하는 놈들은 대부분 쓰레기라서 괜찮아요. 사람이라면 배려해 줘야 하지만, 쓰레기한테 배려할 필요는 없으니까요. 자식들 주소는 알고 있어요?"

"알고 있긴 한데……."

"그래요? 그럼 보러 가요. 할아버지, 할머니의 아들딸들."

*　　*　　*

노부부 슬하에는 하나밖에 없는 아들이 있다.

올해 사십 대가 되는 중년 남성으로, 노부부에게는 손자가 되는 아이가 다섯 살이라 한다.

지우는 노부부를 양로원에서 데리고 그들을 찾아갔다.

몇 미터 방벽 따위 가볍게 넘어갈 수 있는 그는, 두 분을 껴안고 방벽을 넘어 노인이나 장애인을 태우는 택시를 불러서 자식들을 찾아갔다.

만나는 건 어렵지 않았다.

아들은 마침 주말인지라 가족들끼리 피크닉을 나왔다. 한강 근처에서 앉아 돗자리를 깔고 연을 날리고 있었다.

지우와 노부부는 그 모습을 멀찍이 쳐다보는 중이었다.

"저 아저씨가 할아버지 할머니 아들 맞으세요?"

"아아. 대학생 때만 해도 술만 마시러 다녀서 어찌 될지 걱정했는데, 그래도 멀쩡한 애 아빠가 됐구나."

할아버지는 부드럽게 웃으면서 아들과 연을 쥐고 뛰어놀고 있는 손자, 그리고 입가에 미소를 머금은 며느리를 쳐다봤다.

"할멈, 저거 봐봐. 손자가 벌써 저렇게 컸어."

"아이고, 아들하고 며늘 아가 아냐? 지금 이러고 있을 때가 아니에요. 우리한테 노인네 냄새나지 않아요? 빨리 냄새를 지워야 하는데!"

할머니는 곤란한 얼굴로 힘겹게 팔을 들어 스스로의 냄새를 맡았다.

지우는 그 둘 옆에 앉아, 아무런 행동도 하지 않았다.

노부부를 피붙이에게 데려간 것도 아니고, 무언가 말하면서 설득하지도 않았다.

그저 방관자처럼 지켜볼 뿐. 그 이상 그 이하의 반응도 보이지 않는다.

"참, 행복해 보여……."

할아버지는 뿌듯한 목소리로 중얼거렸다.

"저곳에 가고 싶으세요?"

방관자가 움직여 묻는다. 그러나 딱히 저곳에 얼른 껴들라고 재촉하는 것은 아닌 듯했다.

"아니, 됐어. 본 것으로 만족 혀."

할아버지가 빠진 이빨 대신 낀 틀니를 드러내며 웃었다.

썩던 이를 뺀 듯, 굉장히 속이 후련한 감정이 보였다.

옆에 있던 할머니는 두 손을 가슴에 올려놓고 감사 인사를 중얼거렸다.

"연락이 안 돼서 무슨 일 있나 싶었는데, 그래도 저 얼굴을 보니 안심이 되는구먼. 손주 녀석도 저렇게 기뻐 보이고…….”

“아아, 회사 일이 바쁘다고 자식을 내팽겨 두면 어쩌나 싶었는데, 그건 아니라서 정말 다행이야. 내 아들이지만 참말로 멋져!”

위이잉.

그 말을 끝으로 할아버지는 전기로 움직이는 휠체어를 돌려, 피붙이들에게 들키지 않도록 모습을 감추려 했다.

“할멈, 빨리 와. 언제까지 있을 생각이야?”

“미안혀요. 그만 깜빡했어요.”

할머니 역시 마찬가지.

여기까지 오는데 계속되는 치매와, 난청 때문에 힘이 들었는데도 지금만큼은 혼자서 아주 잘 움직인다.

두 사람이 등을 돌리고, 그 옆에 서 있던 지우는 노부부의 가족들을 물끄러미 쳐다보다가 대뜸 말을 꺼냈다.

“이 정도로 괜찮아요?”

그렇게나 보고 싶었던 가족이다.

평생을 함께했던, 그리고 배 아파서 낳은 자식이다.

자식을, 가정을 위해서 달려왔던 두 남녀다.

그리고 인생의 끝자락에 도착해서도, 항상 가족을 걱정하고 보고 싶어 했다. 그 감정을 갈구했다.

오 년 전을 끝으로, 연락 한 번도 되지 않았다.

마음 같아선 당장 달려가도 모자라지 않다.

그 모습을 본다면, 대화하고 싶다.

대화하면 안고 싶다.

안으면 서로 웃으며 행복을 나누고 싶다.

본 것만으로 절대 만족할 리 없었다.

"여보, 슬슬 배고프네요. 얼른 돌아가서 밥 먹어요. 우리도 이 정도인데 아이들도 무척 배고플 거예요."

노환과 함께 찾아온 정신적 병은, 가끔 그 감정조차 단 하나도 남지 않을 정도로 무섭기도 하다. 할머니 역시 치매라는 이름의 병에 의하여 슬퍼하지도 못한다.

"총각, 비록 우리가 노망이지만 그래도 눈치가 아주 없는 건 아녀."

부모에게 자식의 행복이란, 때론 자기 자신보다 더 중요한 법이다.

"저리 행복해 하는데, 저리 좋은 시간을 보내고 있는데 어떻게 초를 쳐?"

휘잉, 하고 바람이 불었다.

마치 잘 벼린 칼날처럼 예리하고 차가운 바람이었다.

피부 전체가 찌릿찌릿 하고 아파왔다.

지우는 주머니에 손을 찔러 넣고, 휠체어를 앞으로 움직이는 두 노부부의 뒷모습을 쳐다보았다.

'이해할 수는 없어.'

정지우라는 인간은 가족과 돈 밖에 없는 남자다.

또한 가족을 위해서라면 뭐든지 할 수 있다고 생각했다.

하지만, 만약 가족의 행복을 지키기 위해서 자기 자신이 가족과 떨어져야 한다면 자신은 무척 고민할 것이다.

그는 선인이 아니다. 그렇다고 대인배도 아니다.

사랑하는 사람과 함께하고 싶은 욕구가 있다.

그걸 참을 수 있을지, 없을지 묻는다면 후자에 속한다.

'오 년 만에 만남인데, 그렇다면 조금 정도 이야기 하는 건 좋을 텐데.'

그 정도는 괜찮지 않을까.

그렇게 생각했다.

하지만 그뿐이다.

이해는 못 하지만, 그들의 선택을 거스를 생각은 없다. 지우는 나름대로 한 세기 가까이 살아온 두 노부부의 선택을 존중하기로 했다.

'노후가 저렇다면 너무 슬프고 힘들잖아…… 나도 저렇게 되는 걸까? 아니면 그렇지 않는 걸까?'

많은 생각을 할 수 있는 하루다.

*　*　*

'하나밖에 없는 아들과 떨어지고, 불친절한 간호인들 때문에 고생하고…….'

노부부와의 산책은 끝났다.

아들과 그 가족들을 확인한 뒤, 노부부는 고민하지 않고 다시 노행 양로원으로 돌아왔다.

비록 몰래 외출하긴 했지만, 그 시간이 네 시간 정도 됐는데도 불구하고 양로원의 직원들은 노부부가 나간 지도 알아채지 못했다.

아무리 봉사자가 있다 해도, 한 번도 본 적 없는 외부인이 노인들을 맡게 됐는데 감시 하나 하지 않다니.

"슬슬 해가 지네. 아가, 얼른 들어가야지? 공부하느라 힘들 텐데……."

대지를 붉게 달구는 노을이 보이고 있을 무렵, 할머니가 지우의 옆에 찰싹 들러붙어서 걱정스러운 얼굴로 재촉한다. 다만 보기 싫어서 축객령을 내는 것이 아니다.

조금이라도 더 보고 싶어 하는 표정이 확연하게 보였지

만, 할머니는 지우가 늦은 밤에 귀가해서 무슨 일이 있을까봐 걱정하는 눈치였다.

"그려, 얼렁 가버려. 네놈이 어째 여기에 있어도 도움 되는 게 하나도 없어. 그리고 밥은 언제 줄 거야!"

할아버지는 불같이 화를 내면서 투덜거렸다.

"밥은 아까 드렸잖아요. 좀 참으세요. 게다가 요새 현대 식단은 만병의 근원이라는 거 몰라요? 그러다가 고혈압으로 안 그래도 내일모레 하시는 분이 오늘 죽습니다."

"끌끌끌. 네놈보다 더 오래 살 테니 걱정 안 해도 돼."

지우의 농담 아닌 농담에 할아버지가 재미있다는 듯이 낮은 목소리로 웃었다.

"그럼, 이만 가 볼게요."

"그려. 들어가."

노부부는 자애로운 눈웃음을 지으며 손을 흔들어주었다. 손바닥에 진 많은 주름이 돋보인다.

지우는 배웅까지 온 노부부에게 허리를 숙여 공손히 인사한 뒤, 출구 쪽으로 걸어갔다.

"학생, 잠시만요!"

뒤에서 그를 부르는 목소리가 들렸다. 낯설지 않은 목소리다. 오늘 아침 그를 안내해 준 직원이었다.

직원의 손에는 A4용지 크기의 서류가 들려 있었으며, 그는 무엇이 그리 즐거운지 방긋방긋 웃으면서 말을 걸었다.

"봉사활동 하셨으니 증명 서류 들어가셔야죠. 이런 게 있어야 기록에 남는다고요."

"……."

"그렇지 않아도 치매 환자 두 분을 돌보느라 좀 고생 하셨을 텐데, 이런 것도 남지 않으면 어쩌시려고요? 저야 돈을 받지만 학생은 아니잖아요."

하하하, 하고 낮은 목소리로 웃으면서 종이를 건네는 직원이었다.

지우는 직원이 손에 쥔 종이를 물끄러미 쳐다보다가, 그걸 자연스럽게 건네받았다.

봉사활동 용지를 건네받은 그를 보며, 만족한 직원은 왠지 모르게 재수 없게 느껴지는 웃는 낯짝으로 말을 이었다.

"나중에 필요하시면 언제든지 또 연락해요. 저희가 봉사활동 채워주는데 전문이에요. 주변에 혹시 봉사활동 시간 필요한 사람이 있으면……."

"필요 없어."

"네? 방금 뭐라……."

말을 이어지지 않았다.

직원과 대화할 필요성은 느끼지 못했다.

그 주둥아리에서 더 무언가 나와, 기분이 상하기 전에 주먹을 날린다. 양추선에게 날린 일격만큼은 아니었지만, 억 소리가 절로 나올 정도의 힘을 준다.

주먹을 쥐자, 퍼런 핏줄이 튀어나온다.

힘이 잔뜩 들어간 주먹을 허리에 회전력까지 더하여 휘두른다. 쐐애애액 하고 바람을 사납게 가르면서 그대로 직원의 턱에 시원스레 들어갔다.

"꺽, 꺽……무, 무슨……!"

직원은 턱을 부여잡고, 고통스러운지 제대로 된 말도 하지 못했다. 그 눈동자에는 '어째서?' 라는 의문과 당혹스러움만 남아 있었다.

그런 직원을 내려다보며, 지우는 직원에게 건네받은 종이를 두 손으로 '부욱' 소리를 내며 갈기갈기 찢었다.

"이딴 거, 필요 없다고."

그리고 양손에 뭉친 종잇조각을 마치 꽃을 뿌리는 것처럼 직원의 머리 위로 던졌다.

검은 잉크가 새겨진 종이는 마치 가을에 잎이 떨어지는 것처럼, 하늘하늘 아래로 떨어진다.

"잔돈은 가져."

제3장

약속된 승리의 종족, 드워프

회사(Company): 페라리우스(Ferrarius)

종족(Tribe):드워프(Dwarf)

직업(Class):대장장이(Blacksmith), 건축가(Architect)

– 태고의 거인 이미르의 시체에서 태어난 어둠의 요정 드레르그(Dvergr)를 조상으로 둔 종족입니다.

– 드워프는 어두운 곳을 좋아해 동굴이나 땅굴 같은 지하에 살며, 타고난 대장장이입니다. 그 외에도 건축, 공예, 세공 등 무언가 만들고 손질하는 데는 천부적인 능력을 가지고 태

어났습니다.

– 불과 철, 그리고 대지의 축복을 받은 종족으로, 이 셋에 관해서는 고룡(古龍)족의 지식과 견주어도 부족하지 않을 정도.

– 지구의 건축, 공학에도 제법 지식이 있으며 디자인에도 탁월한 감각이 있습니다.

– 땅의 결을 볼 수 있는 능력을 지니고 있음.

– 광물, 금속이라면 어떠한 종류에 상관없이 찾을 수 있다.

– 위의 종류일 경우 문제없이 최고 등급으로 제련 가능.

– 선천적으로 타고난 힘과, 축복받은 근육이 있다. 그들은 전사이기도 합니다.

– 술, 특히 맥주에 환장함.

– 성질이 급하고 인내심이 없으니 주의.

– 작품에 대한 자부심이 강하여 조금이라도 비난하면 고용주의 목숨까지 위협할 수 있음. 주의.

– 드워프는 개인별로 움직이지 않습니다.

– 종족에 대한 소속감이 강하며, 일할 때나 싸울 때나, 놀 때 등을 최소 열 명 이상 함께한다. 항상 집단으로 행동합니다.

– 시급 없음. 무엇을 건설하고 무엇을 제련하는 것에 따라 노동 비용이 달라집니다. 상의할 것.

"제조, 건설, 공업 등에 있어 약속된 승리나 다름없는 종족 드워프! 로망의 종족을 만날 수 있게 되다니!"

두근두근.

얼마 전, 경기도 의정부시에 위치한 땅을 샀다. 그 규모는 100평, 양로원을 설립하기 위해서였다.

그 순간은 아직도 잊혀 지지 않는다. 남의 땅이 아니라, 자기 땅을 스스로 번 돈으로 샀다는 것에 큰 감격이었다.

물론 거주지를 지을 목적이 아니라, 사업을 위해서긴 했지만 그래도 기쁜 건 매한가지였다.

땅을 구입했으니 다음 할 일은 중요한 건설이다.

그는 건설을 인간이 아니라, 이종족에게 맡기기로 했다.

예술의 종족에게 맡기다 보니, 가격은 좀 더 나갈 것 같았지만 수익을 낼 수 있는 양로원을 만들기 위함이었다.

"업무 좌표 고정."

단체로 행동한다는 드워프답게, 그들은 님프 때와 다르게 개인 이력서가 아니라 회사 마냥 단체로 이뤄져 있었다. 한 명만 고용한다는 건 불가능하다는 말이었다.

"대상, 페라리우스 컴퍼니."

그래서 이차원 고용 목록을 살피면서, 드워프들이 세운 회사들을 비교하고 확인하면서 고심 끝에 제법 큰 규모에 속하는 일종의 공업 회사를 고를 수 있었다.

"소환!"

허허벌판밖에 남지 않은 의정부의 땅.

그 땅에서 인간 외의 종족이 모습을 드러낸다.

*　*　*

"캬하하핫!"

"이번 의뢰자 인간은 눈치가 좋구만그래! 이렇게 눈치채고 준비까지 해 주고 말이야!"

"아암, 역시 일할 때는 술이 있어야지!"

시끌벅적.

신장이 백 미터밖에 되지 않는, 말 그대로 난쟁이라 불릴 만한 요정족들이 맥주를 기울이며 축제를 벌이고 있다. 허리에 겨우 닿을락 말락하는 키인데도, 얼굴은 나이를 든 얼굴이니 신기할 따름이었다.

요정계 공업(?) 회사인 페라리우스를 소환하자마자, 나타난 것은 오십여 명의 드워프였다.

그들을 소환하기 전에 미리 앱스토어를 통해 그들이 무엇을 좋아했는지 조사한 그는 고기와 술을 사들여 이 허허

벌판 땅에 준비해 두었다.

"반갑네, 인간. 공업이라면 가리지 않고 일하는 회사, 페라리우스의 대표 해머(Hammer)일세."

해머는 딱 봐도 대중 매체 속에 나오는 드워프 남성과 꼭 닮았다.

부리부리한 눈매, 과할 정도로 난 갈색 빛의 털보 수염, 키에 맞지 않게 언밸런스한 과한 근육에 입 안에 맥주를 시원스레 털어 내는 걸 보니 저작권법에 걸리진 않을까 약간 무서워할 정도였다.

다만 해머는 다른 드워프들과 외양적으로 다른 것이 하나 있었는데, 왼쪽 눈에 착용한 아무런 무늬 없는 검은색 안대였다. 아무래도 애꾸눈인 듯싶었다.

"반갑습니다, 해머 씨."

님프와의 첫 만남 때처럼, 지우는 일단 첫 인상을 좋게 보이기 위해서 웃는 얼굴로 손을 건넸다.

그러자 해머는 껄껄 하고 호탕하게 웃으며 손을 꽉 잡아 쥐며 쩌렁쩌렁한 목소리로 답했다.

"해머 씨라니! 어색하게 그러지 말게! 어디 우리가 하루 이틀 본 관계인가? 편하게 해머 아저씨라 부르게!"

'본 지 5분밖에 되지 않았는데요.'

이 무슨 친화력이라 말인가?

보통 대중 매체 속을 보면, 드워프들은 대부분 종족에 대한 자존심이 강해 다른 종족을 우습게 보곤 했다.

혹은 그런 설정이 아니라면, 역사 속에서 드워프들의 문물을 노리고 침략한 인간들을 증오하기 마련이었다.

그런데 신기하게도 이 드워프는 거리낌 없이, 아니 그 이상으로 필요 이상으로 친화력을 과시한다.

"자고로 첫 만남에서 술을 대접한 인간 치고 나쁜 인간이 없는 법이지. 게다가 따지고 보면 자네는 우리에게 일을 의뢰하여 돈도 줄 양반이 아닌가? 그럼 친하게 지내야말고! 암!"

'음, 술을 주면 장기라도 팔 놈들이구나.'

물론 좋은 관계를 위해서 생각을 입 바깥으로 꺼내지는 않았다.

"네, 그럼 아저씨라 부를게요. 하긴, 우리가 하루 이틀 본 사이는 아니죠."

이익 앞에는 지옥도 불사하지 않는 그는 얼른 영업 자세로 태도를 바꾸고 손바닥을 비벼 친근함을 과시했다.

지우는 해머에게 술잔에 맥주를 건네받고, 잔을 부딪쳐 '쨍!' 소리를 냈다.

해머는 등허리를 크게 젖히며 위를 향하며 삼켰는데, 지우는 그 순간을 노려 술을 얼른 안 보이는 바닥 쪽으로 내다 버린 뒤에 먹은 척을 했다.

'내가 술을 마시고 취한 순간을 노려 의뢰비를 터무니없이 바가지를 먹일 생각이겠지? 내가 빙다리 헛바지로 보이느냐? 후후!'

인간 불신, 아니 종족 불신!

본인 빼고 결코 누구도 믿을 수 없는 인간성!

애꿎은 사람도 나쁜 놈으로 만드는 게 정지우다.

"캬아! 역시 맥주는 환상의 술이야. 남들은 물이라고 하지만, 자고로 생명에게 제일 필요로 하는 것은 물이지. 물을 대체할 정도로 위대한 음료라는 뜻이죠."

지우가 해머의 눈치를 슬쩍 보면서 맥주를 칭찬했다. 머릿속에는 드워프가 술, 특히 맥주를 좋아한다는 대목이 지나가고 있었다.

"오! 처음부터 맥주를 준비한 것은 알고 있지만, 역시 자네가 뭘 좀 아는군그래. 멋모르는 놈들은 와인, 양주라고 지껄이지만 그건 잘못된 편견이지. 분명 자네는 이 물질계에서 제일 위대하고 존경받을 만한 인간이 분명함세."

"후후. 과찬이십니다. 전 그저 맥주를 좋아하는 어리석은 인간 애주가일 뿐입니다. 저보다는 진정으로 맥주에 대해서 잘 알고 있는 드워프 종족 분들께서가 더 대단하죠."

"뭐라고? 으하하하! 이 친구 보면 볼수록 마음에 드는구만!"

악성 정치인도 감탄할 만한 아부!

손바닥을 파리보다 더 잘 비비며, 남에 대한 비위 맞추기 만큼은 신의 경지에 이르렀다고 칭송해도 부족하지 않을 정도였다. '직장에서 비위 맞추고 아부하는 법' 이라고 책을 내면 단번에 베스트셀러, 학원을 열면 일 회 강의료가 천만 원 정도는 되지 않을까 싶은 정도다.

"음, 좋아. 분위기도 제법 탔으니 슬슬 일 이야기를 함세. 나도 좀 더 놀고 싶지만, 그런 목적으로 소환된 건 아니니 목적과 상반되면 물질계에서 현상을 유지할 수 없네."

"알겠습니다."

드디어 이 말 많은 난쟁이 자식이 본론을 꺼내는구나, 하며 속으로 생각하는 지우는 가식적인 웃음을 흘리며 머리를 위아래로 흔들었다.

지우는 해머에게 양로원에 대해서 설명했다.

혹시 해머가 지구에 대한 지식을 모르면 어쩌나 하고 걱정했는데, 다행히 그건 기우였다.

앱스토어에 기록되어 있는 데로 해머는 지구의 건축물에 대해서 꽤 제법 잘 알고 있었다.

나중에 물어보니 지구에 소환되려면 일단 기본적으로 지구에 대한 지식을 필수로 알아야 한다고 한다.

특히 서비스업에 맞는 지식은 지구의 인간들만큼 더 알고 있어야 해서, 그들이 나름 엘리트라는 걸 새삼 알 수 있게 됐다.

"대충 어떤 건지 잘 알겠네. 내 자네를 위해서 특별히 어떤 땅을 샀는지도 확인해 주지."

해머는 살짝 취기가 깃드는 불그스름한 뺨으로 이후 건물을 세워야 할, 지우가 구매한 땅을 훑어봤다.

그 눈동자는 미미하게 빛났는데, 아무래도 드워프 고유의 땅의 결을 보는 능력인 모양이었다.

"오오……."

생각지도 못한 무료 서비스에 소소하게 감동을 받은 그는 이게 웬 횡재냐고 좋아했다. 그리고 부디 나쁜 땅이 아니기를 바랐다.

일 분도 지나지 않았을까, 해머가 예상했다는 표정으로 사자 갈기마냥 자란 갈색 턱수염을 매만지면서 품평을 해줬다.

"별 문제 없네."

"정말인가요?"

지우의 얼굴에 웃음꽃이 피었다.

딱 중간만 가자고 속으로 생각했기에, 조금 아쉽긴 했지만 그래도 그럭저럭 만족한 만한 결과가 나왔다.

"암. 평범하게 쓰레기일세."

"……?"

평범하면 평범한 거지, 평범한 쓰레기는 무엇인가?

해머의 생뚱맞은 말에 지우는 머리를 갸웃거리며 그게 무슨 뜻이냐는 의문이 깃든 눈으로 드워프를 쳐다봤다.

시선을 느낀 해머는 왼손을 허리에 두고, 오른손에 쥔 맥주를 다시 목 너머로 넘기곤 캬! 하고 소리를 냈다.

"말 그대로일세. 평범하게 쓰레기라니까?"

"좋다는 뜻입니까, 아니면 나쁘다는 뜻입니까?"

똑같은 말을 반복하면 죽여 버리겠다, 라고 속으로 생각하는 정지우였다.

"당연히 후자일세. 독성을 깃든 산업 폐기물이나, 쓰레기로 인해 땅이 저주를 받았네. 묘지를 세우면 독성이 깃든 언데드가 태어날 최고의 장소이지. 괜찮다면 업종을 바꿔 네크로맨서가 되는 것도 나쁘지 않을 거야."

"……."

"아, 그렇다고 너무 걱정하지 말게. 원래 이 시대 인간들의 도시가 위치한 장소는 다 그럼세. 반대로 쓰레기가 아닌 땅을 찾기가 힘들어."

'빌어먹을 환경오염!'

이제야 무슨 뜻인지 이해가 갔다.

어릴 적부터 그토록 교육받았던 환경 교육. 이제 와서 그 환경이 얼마나 중요한 것인지 깨닫게 됐다.

자고로 인간이란 당장 눈앞에 피해가 오는 상황이 들이닥쳐야, 바뀌는 법. 지우도 그런 전형적인 인간이었다.

"지, 지방의 땅을 샀어야 했을까요?"

"아니. 솔직히 어딜 가던 똑같네. 사람이 살지 않는 외딴 장소에 가야 만족할 만한 땅이 나올 거야. 그 외에는 차이가 있긴 하나 엇비슷함세."

'그래. 어차피 이렇게 된 거 지구를 철저하게 파괴한다. 환경오염 반대? 엿이나 먹으라지.'

가망이 없다는 걸 확인하자마자 잘못된 길로 곧장 몸을 돌리는 인간이었다.

해머는 좌절과 절망에 빠져 네거티브하게 변한 지우를 보고 호기심 어린 얼굴로 물었다.

"괜찮다면 이제 본론으로 들어가서, 어떤 건물을 짓게 할지 가르쳐줄 수 있겠나?"

"예에. 주변 환경이 모두 박살 나고, 오존층이 파괴되도 상관없으니 제 산업 혁명이 도와주셨으면 합니다."

"오오! 건설을 위해 주변 환경을 신경 쓰지 않는 그 모습, 자네는 진정 예술가로군!"

가끔 판타지에서 보면 드워프는 요정족의 대명사 숲의 종족, 엘프와 함께 자연을 사랑하는 종족으로 알려져 있다.

하지만 눈앞에 해머와 같은 현대의 드워프는 전혀 그러지 않아 보였다.

"제가 본 소설에 의하면 보통 드워프라면 땅이나 광물 등을 아끼고 하던데, 전혀 안 그러시네요?"

그런 해머를 보고 지우가 신기한 듯 물었다.

"어째 인간들은 우리 같은 요정족에 대해 알면서도, 잘못 알고 있군그래. 자네 말대로 우리가 자연을 사랑하는 건 맞음세. 그러나 딱히 보존하고 아끼거나 하는 건 아니야."

"아끼지 않는다?"

지우가 이해가 안가는 듯 머리를 갸웃거렸다.

해머는 머리를 한 차례 위아래로 흔들고 말을 이었다.

"그래. 우리 드워프는 예술의 종족. 대자연의 자재로 무언가를 만드는 것이 본능인 종족임세. 그런 종족이 자원을 소비하는 걸 싫어하고, 자연을 해친다는 생각을 가진다면 어떻게 살아가겠는가? 끔직한 소리 하지 말게나."

"아하, 과연."

그제야 눈앞의 드워프가 대충 어떤 가치관을 지니고 있으며, 살아가는지 알 수 있는 지우였다.

"그나저나, 말이 좀 옆으로 빠졌군그래. 설마하니 주변 환경을 파괴해 주는 병기 건물을 원하는 건 아니겠지?"

"당연히 아니죠."

"그렇다면 어떤 걸 생각하고 있나?"

"그건……."

그는 자신이 생각하고 있는 이상적인 양로원을 전했다.

눈앞에 드워프는 현대 건축 방식에 대해서도 잘 알고 있었기에, 굳이 자세히 설명하지 않고 대충 말해도 해머는 모두 다 알아들었다. 반대로 지우가 모르고 있는 것까지 거론하면서 아이디어를 제공할 정도였다.

"좋네. 그 정도면 그다지 무리 없지. 건축 기간은 아마 한 달 정도, 금액은 총 합해서 6억 정도 들 거야. 어쩌면 만드는 과정에서 더 추가될지도 모르고."

"예상한 바입니다. 계약금은 먼저 3억을 지불하겠습니다."

"좋네."

해머가 만족한 듯 머리를 끄덕였다.

*　　*　　*

복지시설이 건설되려면 약 한 달간의 시간이 남았다.

지우는 그 남은 시간 동안 양로원에 관련된 다른 업무를 하게 됐는데, 바로 직원의 문제였다.

후에 시설을 세우면, 당연히 노인들을 돌볼 간호사 등의 직원들이 필요하다.

아무리 복지단체라 해도, 거기서 일하는 사람은 공짜로 할 수 없는 노릇이다. 돈을 주고 고용해야 한다.

"하지만, 고용하려 해도 믿을 수 없으니 큰일이네……."

노행 양로원에 찾아가, 충격적인 행태를 목격한 그는 경악을 금치 못했다.

아직 그 충격이 뇌 깊숙한 곳까지 박혀 있어서, 후폭풍으로 인간 불신이 생겼을 정도다.

"성실함이나, 인성 등을 확인할 수 있으면 좋을 텐데……."

눈을 지그시 감으며 고민에 빠진 지우였지만, 얼마 지나지 않아 다시 두 눈을 번뜩 뜨며 무릎을 탁 쳤다.

"그래! 내가 왜 이런 쓸데없는 고민을 품고 있었지? 나에게는 앱스토어가 있잖아!"

상황 상 연출에 개연성이 맞지 않아 고민하고 있다면, 그것조차도 편리하게 해결해 주는 앱스토어의 존재를 떠올린 지우였다.

"검색, 검색……."

이젠 설사 결혼해서 첫날밤을 치르더라도, 손에서 떨어뜨릴 수 없는 스마트폰 액정을 매만지며 상품을 검색하는 지우였다.

"어디어디……으음."

삼십 분가량을 쳐다보기 한참.

시간이 흘러도 이렇다, 할 상품이 보이지 않았다.

아니, 정확히는 찾으면 찾을수록 머리가 아파왔다.

"너무 많아."

웬만한 거 빼곤 다 있다는 기적의 앱스토어.

그 말은 즉, 많아도 너무 많다는 것이 문제였다.

별별 상황에 따라 상품이 여러 가지로 부류되기 때문에, '계측기' 나 혹은 '인성' 등으로 검색하면 별 쓸데없는 효능을 가진 상품이 나오기 부기지수였다.

예를 들어 인성의 경우.

"인성을 조금 선하게 하는 약, 인성을 반전시키는 약……뭐 이리 많아? 이건 또 뭐야?"

인성 면접 합격 약(藥)

– 구분: 기타, 약

– 상품을 구입해 주셔서 감사합니다.

– 취업하셔야 하는데 인성이 문제되시나요? 걱정 마십시오! 이제 이 약 하나만 있다면 모든 문제 해결!

– 면접을 보기 전, 약을 복용하시면 어떤 인성 면접이든 마법처럼 해결해줍니다. 뒤틀린 심성, 사이코패스, 쓰레기 같은 인성을 가지신 분들도 걱정 끝!

– 인간의 성격, 이젠 돈으로 살 수 있습니다. 모두 손해 보시지 마시고 이 약으로 면접에 원큐로 합격하시길 빕니다!

– 학원에서 배우실 인성을 약으로 한 방에!

– 가격: 10,000,000

"으음! 나와는 상관없는 약이군. 내 인성이야 빠질 것 없이 훌륭하니까 말이지."

악덕 기업인에게나 나오는 거짓말!

말만 들어도 인성이 얼마나 썩었는지 알 수 있다.

"마음 같아선 다 때려 치고 싶어. 하지만 지하를 위해서라도 꾹 참아내고 좀 더 힘내야지."

결국 인내심을 갖고 삼십 분을 더 투자해 검색하고 찾아 헤맸고, 원하는 상품을 세 가지 찾을 수 있었다.

"좋아, 도구는 준비됐다. 이제 이걸로 사람을 고용해 보실까."

제4장

요즘은 봉사한 것도 의심스럽다

새로 건설할 양로원에 필요한 직원은 두 부류다.

첫째는 사회복지사.

현실적으로 지우가 양로원을 모두 책임지고, 상기 출근하여 돌보는 것은 어렵다.

그는 지하를 위해서, 그리고 약간의 이득을 생각하며 양로원을 지었을 뿐, 그 이상 그 이하도 아니다.

그렇기에 그를 대신해서, 복지 문제에 대한 지식을 알고 있고, 문제 해결을 돕고 지원할 사람이 필요한데 그게 바로 사회복지사다.

즉, 그를 대신하여 전문적인 지식을 이용하여 총괄할 사람이 필요하다는 뜻이었다.

두 번째는 간호인이다.

정신적, 혹은 육체적 병이 있는 노인 분들을 곁에서 돌볼 사람 역시 일반적인 사람으로는 불가능하다.

잡일은 봉사자 등 일반인이 가능하다 해도 병이나 영양, 등등의 문제는 전문적인 간호인, 혹은 간호사가 필요했다.

이에 지우는 홈페이지를 통하여 구인글을 올리고, 면접을 기다렸다.

대한민국 사회는 현재 취업난. 나이, 성별 아랑곳하지 않고 모두 힘들어도 일을 구하기를 원한다. 그 덕분인지 어렵지 않게 많은 사람들이 지원했다.

"음, 취업난이라서 다행이야! 사장 입장이 되니까 철저하게 부족하지 않은 갑이 될 수 있군!"

어느덧 악덕 기업인 그 자체가 된 청년이 음흉하게 웃으면서 면접을 기다렸다.

서류로 사회복지사나, 혹은 간호사 등에 필요한 자격증이 있어 서류 전형을 통과한 사람들과 만나기로 했다.

면접은 임시로 로드 카페에서 이뤄졌다.

아직 복지시설이 완공되지 않았기 때문에, 적당한 사무

실이 없었기 때문이었다.

"안녕하세요. 대학생 때 연마다 봉사시간 이백 시간을 채우고……."

처음 온 면접자는 몸에 딱 맞는 양복 차림에, 깔끔한 인상이 묻어나는 이십 대 중반 청년이었다. 지우와 비슷한 동년배로 보였다.

"어라? 당신 뭐하는 거예요?"

"예?"

면접자가 지우를 이상하다는 듯이 쳐다봤다.

그는 눈살을 찌푸리곤 주변을 슥 둘러보며 아무도 없는 것 확인한 뒤, 지우에게 조용하게 속삭였다.

"아무리 면접관이 멋져 보여도 그런 자리에 앉는 게 아니에요. 당신 인턴이시죠? 잘리기 싫으면 얼른 이리로 오세요."

딱 봐도 보잘것없는 백수 그 자체인 정지우!

자고로 사람은 외관만 보고 판단하지 않는가?

면접자는 편한 차림의 지우를 보고 단순한 인턴이라고 생각한 듯, 얼른 그 자리에서 내려오라고 손짓했다.

지우는 그런 청년을 보고 흡족하게 웃었다.

'인턴까지 신경 써주는 면접자라니. 오지랖이 참 넓군.

남에게 저리 친절을 써주는 걸 보면 좋은 인간인가 봐.'

손가락에 쥔 펜을 한 바퀴 핑그르르 돌린 뒤, 그는 책상을 펜촉으로 톡 하고 쳤다.

그러자 펜 촉 끝에서 눈에 보이지 않은 파장이 뿜어져 나와, 파도가 되어 친절을 베푼 면접자를 슥 훑었다.

계측 펜 시리즈 : 봉사지수

– 구분: 기타

– 상품을 구입해 주셔서 감사합니다.

– 봉사 경력이 의심스러우신가요? 정말로 제대로 봉사했는지 의문이신가요? 혹시 돈을 내고 산 봉사지수인지 의심되는지요? 이제 이 봉사지수 계측기만 있으면 의심을 속 시원히 해결해드립니다!

– 계측 펜 시리즈는 남이 눈치채지 않도록, 상대를 멋대로 평가해 주는 도구입니다.

– 상대가 의심해도 걸리지 않으니 마음껏 남들을 평가하세요!

– 만약에 상대가 눈치챌 경우 본사는 결코 책임지지 않습니다. 도구는 이론상 완벽하니, 일절 고객 분 책임입니다.

– 사용 방법은 간단합니다. 펜을 한 바퀴 돌린 뒤, 펜촉을

최대한 자연스럽게 탁자를 툭 치세요. 보이지 않는 파장이 흘러나가 '방' 안의 사람들을 본인 외에 스캔합니다.

– 펜대를 보시면 작은 원이 있습니다. 원 안에 날개, 동그라미, 세모, 엑스, 해골 순으로 수치가 표현됩니다.

– 날개(천사), 동그라미(상당한), 세모(보통), 엑스(좋지 않은), 해골(쓰레기)

– 가격: 10,000,000

'시리즈 별로 묶어서 팔고 있는 걸, 그렇게나 찾기 힘들다니…….'

처음 이 펜 시리즈를 발견하곤 두 눈을 의심했다.

분명 시리즈나 세트로 팔면 발견되기 쉬워야 할 텐데, 이상하게도 이걸 찾는 데 시간이 제법 걸렸다.

나중에 알고 보니 비인기 상품이다 보니 상당히 하위권에 속해 있었다. 그 때문에 미처 발견하지 못한 것이다.

게다가 앱스토어에서 딱히 밀어준 상품도 아닌지라, 상품 이미지도 구렸고 상품 설명도 빈약했다. 찾는 데 시간이 걸릴 만했다.

'어디, 봉사지수는…….'

눈동자만 살짝 굴려 펜대를 살폈다.

"……."

해골이었다.

"좋아, 수고하셨어요. 나중에 다시 연락드리겠습니다."

고민하지 않고 명백한 축객령을 내리는 지우였다.

"네? 잠깐만요. 저 아직 면접도 보지 않았는데요?"

청년이 어이없는 어조로 물었다.

"괜찮습니다. 나중에 연락드리겠습니다. 다음 분!"

"네!"

다음 사람을 지명하자마자 큰 목소리와 함께 문이 열리면서 또 다른 면접자가 들어왔다. 이번에는 적어도 서른은 먹지 않았을까 싶은 사내였다.

"아니, 잠깐만요. 기다려 주세요. 저 아직 면접 안 했다니까요?"

"이보게, 청년. 당장 꺼지도록 하게. 지금 내 면접이지 않는가?"

면접자의 적은 면접관이 아닌 또 다른 면접자!

자기 차례가 왔는데도, 나가지 않는 청년을 보고 삼십 대 면접자가 얼굴을 악귀처럼 일그러뜨리며 째려봤다.

청년은 허, 하고 허탈한 웃음을 흘리더니 어쩔 수 없는 듯 문 바깥으로 발걸음을 옮겼다.

"저는 원래 면접이란 건 굳이 말을 할 필요 없는 법이라고 생각합니다. 어떻게 생각하십니까?"

첫인상이고 대화고 자시고, 만능 펜 시리즈 하나로 어떤 인간인지 알 수 있게 된 지우가 서른 살 면접자에게 운을 띄우듯이 물었다.

"그렇습니다. 굳이 뭐 말이 길 필요가 있겠습니까? 저 면접자는 주절주절 말로하는 타입인 모양이었군요. 저는 걱정하실 필요 없습니다."

과연 허투루 나이를 먹은 것이 아닌지, 사회 경험이 있어 보이는 삼십 대 면접자는 능숙하게 손바닥을 비비며 면접관의 비위를 맞춰 주었다.

갑의 단 맛을 느낀 지우는 흡족하게 웃었다.

'좋아. 이놈은 꽤 싹수가 있어 보여. 아무래도 제대로 된 직원이 온 모양이야.'

고민하지 않고 계측 팬을 이용하는 지우.

"오?"

펜대에 동그라미가 표시됐다. 극상은 아니지만, 그래도 인생 중에서 봉사를 제법 했다는 의미, 시작부터 무언가 느낌이 좋았다.

'좋아. 그럼 성실도도…….'

해골.

“수고하셨습니다.”

“예?”

“출구는 저쪽입니다. 다음 분!”

세상에, 봉사지수가 높은데 성실도가 최악이라니.

해괴한 상태를 보고 혀를 절로 내두를 수밖에 없었다.

참고로 오늘 면접자의 숫자는 제법 됐다.

일자리는 많이 없고, 일을 구하려는 사람은 많다 보니, 이런 말하기 뭐하지만 아직 다 지어지지도 않은 수상적인 양로원에 취업하러 온 사람들이 상당히 찾아왔다. 서류 전형을 통과한 숫자만 해도 무려 백 명가량이었다.

이후, 남자나 여자. 이십 대에서 삼십 대. 심지어 사십 대까지 다양한 사람들이 들어와 면접을 봤다.

하지만 좀처럼 딱히 좋은 사람이 있지는 않았다.

첫 면접자만 그랬지, 대부분은 봉사지수는 준수한 편이었다. 다만 두 번째 단계인 성실도 계측이 문제였다.

성실하지도 않은 주제에 봉사지수만 많은 사람들을 보면, 혹시 돈으로 봉사지수를 산 건 아닐까 의문이 들 정도로 해괴 모호한 이들이 있었다.

다행히도 그 둘을 통과한 사람도 있긴 했지만, 성향이 해골이나 엑스가 나오는 사람도 심심찮게 나왔다.

이와 같은 경우는 성향이 나쁘지만, 어떻게든 밥 벌어 먹기 위해서 어찌어찌하다 보니 억지로 봉사지수를 채우고 열심히 하는 사람의 경우가 되겠다.

문제는 성향이 좋지 않다 보니, 일을 잘해도 후에 어떤 짓을 저지를지 모른다는 것이다.

벌써 오십여 명 모두 칼같이 자른 지우는 마치 세상 모두를 통괄한 현자마냥 허허 하고 웃었다.

"생각보다 세상, 아니 인간은 썩었구나. 하기야, 나 같은 선인도 보기 드물지. 암, 그렇고말고."

얼굴에 철판 수백여 장은 깐 듯한 뻔뻔함!

"다음 분……."

점점 힘을 잃어가는 그의 목소리가 조용히 울렸다.

*　　*　　*

"자, 자, 잘 부탁드리겠습니다!"

문을 열고 발을 내딛는다.

긴장으로 굳어진 몸은 어째 풀릴 생각을 하지 않는다.

어젯밤, 미리 적어둔 메모장을 읽으면서 연습을 했다. 그런데도 불구하고 심장은 쿵쾅쿵쾅 떨려오고, 삑사리가 섞인 목소리가 튀어나왔다.

그러자 주변에서 비웃는 듯한 웃음소리가 풋 하고 튀어나왔다. 얼굴에 금세 열기가 전해져오고, 숨이 가빠오기 시작했다. 머릿속은 새하얗게 질렸다.

"편히 있으세요."

요즘 한창 유명해진 남자.

로드 카페의 창업주이며, 청년 기업가로 이름이 높은 정지우라는 남자가 뚱한 얼굴로 말을 건넨다.

얼마 전에 사회복지사 일급을 따낸 이십 대 후반의 청년, 심청환은 의자에 앉아 네, 네, 하고 고개를 끄덕였다.

"한 명, 한 명 보는데 시간이 걸리니까 이제부터는 열 명씩 면접을 보도록 하겠습니다."

고용주이자, 면접관인 지우가 조금 지친 목소리로 말했다. 그의 앞에는 심청환을 비롯하여 열 명의 남녀가 앉아 있었다.

'이 사람이 그 사람이구나. 나보다 어린 것 같은데 대단하다…….'

심청환은 선망이 깃든 눈동자로 정지우를 힐끗 쳐다봤다.

면접을 볼 기업에 대해 조사하는 건 기본이다.

아무리 중소기업이라 하여도, 조사를 하지 않고 오면 아무리 스펙이 뛰어나 봤자 결코 면접에 통과할 수 없다.

"흠……잠시만요."

정지우는 묘한 행동을 했다.

손에 쥔 펜을 돌리고, 책상을 툭툭 친다.

그것 자체는 이상하지 않다. 하지만 책상에 올려 둔 펜을 하나하나 바꿔가며 그러한 행동을 한다는 것이 이상했다.

물론 특이한 습관일 수도 있지만, 신경 쓰이지 않는다면 그건 거짓말이다.

"응?"

무슨 일일까, 정지우가 놀란 얼굴로 고개를 갸웃한다.

게다가 그 시선은 다름 아닌 열 명의 면접자 중에서 자신에게로 향했다. 그 시선에 놀란 심청환이 몸을 흠칫 떨며 어찌할 줄 모르는 표정을 지었다.

'무, 무슨 일이지? 넥타이는 제대로 했고……향수도 뿌려서 냄새도 안 날 텐데?'

혹시 큰 실수라도 했을까, 하고 지레 겁먹은 심청환은 안절부절못하며 눈동자를 또르륵 굴려댔다.

"심청환 씨."

"네, 넷!"

아니나 다를까, 불안은 현실로 다가왔다. 속으로 제발 자신만 아니기를 빌었는데, 안타깝게도 완전히 빗나갔다.

주목된 것은 다른 누구도 아닌 바로 자신이었다.

"지원하신 계기가 뭔지 알 수 있을까요?"

"아, 그, 그……그게……."

'왜! 또 왜야!'

어제 그렇게 연습했는데, 오기 전에도 몇 번이나 중얼거리면서 머릿속에 되뇌었는데 또 말문이 막혔다.

어렸을 적부터 자신은 이 쓸데없는 긴장 때문에 주변에서 웃음거리가 되곤 했다. 덕분에 성격이 점차 점차 내향적으로 변했고, 자존감도 낮아져 항상 비관하곤 했다.

마음을 되돌리려고 해도 그럴 수가 없었다.

저렇게 자신을 지목하게 되면, 머릿속으로 어떻게든 제정신을 차리려고 노력은 하지만 마음대로 되지가 않는다. 반대로 시간을 길게 끌지 못하고, 재빨리 처리해야 한다는 급한 마음에 상념이 더욱 꼬이고 만다.

'끝났다…….'

무릎 위에 올려 둔 손에 힘을 주고, 꽉 쥔다.

입술을 피가 나올 정도로 질끈 깨물었고, 눈동자는 앞을 제대로 보지 못한다. 그저 어서 이 상황이 지나가기를 바랄

뿐이었다.

"전 괜찮으니 그냥 천천히 생각하세요. 안정될 때까지 커피나 마시면서 기다리죠."

"네?"

심청환은 순간 자신의 두 귀를 의심했다.

그는 분명 정지우가 실망스러운 기색을 보이면서, '다음 분.' 하고 차례를 넘길 줄 알았다. 하지만 그가 보인 반응을 전혀 다른 것이었다.

허연 연기가 모락모락 피어오르는 커피 잔을 쥐고, 한가로이 먼 산을 바라보면서 검은 액체를 음미한다.

"뭐, 뭐지?"

옆자리에 앉은 또 다른 면접자 역시, 심청환만큼 당혹스러운지 육성으로 소리를 냈다.

'내가 꿈을 꾸고 있는 걸까? 아니면 이게 저 사람만의 면접 방법일까? 아니야, 아까는 시간이 없어서 면접을 한꺼번에 몇 명씩 본다 했으면서…….'

방금 전까지 시간이 없다고 한 주제에, 이제 와서 시간을 마음껏 줄 테니 생각해 보라고 하는 건 어폐가 있다.

생각하고 또 생각하고, 머리를 굴려 봐도 도저히 그의 행동을 이해할 수 없는 심청환이었다.

'하지만…….'

불과 몇 분 전까지만 해도 당장이라도 한강에 퐁당할 것 같았던 심청환의 안색이 조금 환해졌다.

이제 끝이라고 생각했는데, 어찌 된 영문인지는 잘 모르겠지만 정지우가 기회를 줬다. 그것도 느긋하게 생각할 수 있었다.

그 생각이 들자 마음이 좀 더 편안해졌다.

몸에 잔뜩 들어간 힘도 빠져나가고, 쿵쾅쿵쾅 성난 소마냥 미친 듯이 뛰어대던 박동 소리도 정상을 찾았다.

"지원한 계기……."

심청환이 방금 전 들었던 질문을 입에 담는다.

그러자 커피를 마시고 있던 정지우의 시선도 다시 움직여 심청환에게로 옮겨졌고, 이번에는 그 눈동자를 피하지 않고 똑바로 마주 봤다.

"말해도 괜찮을까요?"

"말 안 해도 괜찮습니다."

정지우가 입가에 호선을 그려내며 부드럽게 웃었다.

"왠지 모르게 말하고 싶어서요. 지금까지 면접장에 가면 떨려서 연습한 거, 한 번도 써먹지 못했거든요."

"그럼 이번에 제대로 말하시면 되겠네요. 만약 여기서 일하게 됐을 때, 노인 분들 앞에서 긴장하시면 곤란하니까요."

"그러네요. 후후."

무거운 분위기가 아니라, 가벼운 분위기 속 농담까지 섞어가는 면접관의 태도에 심청환은 한결 편해졌다.

그는 허리를 쫙 피고, 머리를 들어 똑바로 세우고 자신감이 살짝 묻은 목소리를 낸다.

"어렸을 적부터 절 길러 주신 할머니가 계셨습니다. 맞벌이 부부여서 바쁜 부모님을 대신하여, 저를 길러 주시고 사랑해 주신 고마운 분이셨습니다."

드디어 시작되는 이야기에 정지우는 두 귀를 집중하고, 편히 앉아 라디오 방송을 청취하는 것처럼 커피를 홀짝이면서 머리를 미미하게 흔들었다.

"우리 손주, 할미랑 사탕 먹을까?"
"응? 할머니, 아까 먹었잖아."
"그랬나? 그럼 또 먹자구나!"

"그렇지만 제가 중학교에 막 입학했을 무렵, 치매에 걸리셨습니다. 그때만 해도 깜빡깜빡하는 수준이었지만, 일 년이 지나자 나가면 집으로 못 돌아왔을 정도였죠."

당시 심청환은 이제 막 사춘기를 겪은 소년이었다.

그런 소년에게 있어 치매가 걸린 할머니는 너무나도 부끄러웠다.

부모님이 바깥에 나가서 찾아오라고 할 때마다, 얼마나 짜증이 나던지. 그런 할머니가 귀찮기만 했다.

그래도 가족이니, 어쩔 수 없는 마음으로 할머니를 챙기면서 하루하루를 보냈다. 물론 진심으로 할머니를 걱정하고 모신 건 아니었다.

부모님의 말씀 때문에, 어쩔 수 없이 혀를 차면서 억지로 챙겨줬을 뿐이었다. 그 이상 그 이하도 아니다.

그러던 어느 날, 새벽에 소변이 마려워서 잠에서 깼다.

화장실에서 일을 처리하고, 다시 방으로 가던 도중에 우연찮게 부모님이 방에서 대화하는 걸 들을 수 있었다.

"여보, 언제까지 어머님 모시고 살아야 해? 청환이도 이제 조금 있으면 고등학교 때문에 공부도 해야 할 텐데……."

"그렇지? 청환이가 어머님을 돌보면 학업에도 방해가 될 거고……."

"요즘 양로원 시설도 괜찮……."

"솔직히 말하자면, 전 그다지 좋은 놈이 아닙니다. 그 당시에 저는 부끄럽고, 귀찮은 할머니를 돌보지 않아도 괜찮다고 생각했으니까요."

자기 혐오감이 잔뜩 낀 기색으로 중얼거리는 심청환이었다.

"……그다지 나쁜 일은 아닙니다."

정지우는 감정 변화 하나 없는 얼굴로 답했다.

그는 커피를 한 모금 마시곤, 여전히 심청환과 눈을 마주한 채로 말을 잇는다.

"비록 복지시설인데도, 어이없을 정도로 엉망인 곳이 있지만 그렇지 않은 시설도 있습니다. 시설도 좋고, 간호인도 있으며, 말동무도 있으니 즐거울 수도 있죠."

"……."

"요즘이 무슨 조선 시대도 아니고, 부모님을 어떤 사정에 따라 못 모신다고 욕을 먹지는 않습니다. 상황이 나쁘다면 어쩔 수 없죠. 심청환 씨는 어린 시절 부모님이 늦게까지 맞벌이 부부셨고, 본인도 학업으로 바쁘지 않았습니까?"

현실적으로 생각해 보자.

물론 거동도 불편하고, 자기 집도 찾아가지 못하는 노인을 그냥 방치하는 것은 올바른 행동이 아니다.

하지만 심청환이나 그 부모님이 할머니를 방치한 건 결코 아니었다. 그걸 원하지도 않는다.

그러나 상황이 좋지 않았다.

아침 일찍 나가, 저녁 늦게야 돌아오는 맞벌이 부부다보니 할머니를 모실 사람은 심청환밖에 없다.

문제는 그 심청환도 할머니의 병세가 악화될수록, 일상생활과 학업 등, 자기 인생이 크게 흔들린다. 치매 걸린 노인을 돌보는 건 결코 쉽지 않다.

"그러한 상황에서 그래도 복지시설을 알아보고, 할머니가 걱정돼서 그쪽으로 모신 것은 나쁜 일이 아닙니다. 현실에 잘 타협하셔서 적절한 선택을 하신 거지요."

"아뇨."

심청환은 쓰게 웃으면서 단호하게 말했다.

"할머니를 찾으러 다니지 않아도 된다. 밥을 챙겨주지 않아도 괜찮다. 말동무가 될 필요도 없고, 내 멋대로 하면 된다. 휴식도 마음껏 할 수 있다……하고 당시의 저는 그리 생각하면서 기뻐했거든요."

"……."

"그 이후는 더 최악입니다."

어깨는 축 늘어지고, 허리는 앞으로 숙여졌다.

깍지를 낀 손을 무릎 위에 올려 둔 심청환은 자조 어린 미소를 흘리면서 두 눈을 감았다 떴다.

"이후 양로원의 할머니를 뵈러 간 건 한 번뿐이었습니다. 부모님들은 저와 달리 나쁘지 않으셨어요. 바쁜데도 주말에 시간을 내서 뵈러 갔죠. 하지만 철없던 전, 그게 귀찮아서 공부 때문에 바쁘다는 말로 가지 않았어요."

뿌득, 하고 이를 가는 소리가 조용히 면접실 내부에 울렸다.

그때 일이 아직도 선명하게 기억나는 듯, 심청환의 눈동자는 파르르 떨리며 물기를 머금었다.

"……몇 년 뒤, 이제 막 수험생이 된 무렵이었습니다. 부모님이 공부 도중에 미안하다고 말을 걸어왔습니다. 할머니가 위독하다는 소식이었습니다."

"……."

이제는 면접실에 모두, 정지우뿐만 아니라 그를 비웃었던 면접자들 모두가 심청환에게로 시선을 고정하고 있었다. 남에게 주목만 받으면 얼어붙는 그가, 처음으로 잔잔한 마음을 가진 채 옛날 얘기를 하고 있다.

"부랴부랴 양로원에 찾아갔어요. 할머니와 헤어진 이

후, 한 번밖에 가지 못한 양로원이죠. 몇 년 동안 고작 한 번…….”

그 목소리는 우울하고, 죄책감으로 가득했다.

심청환은 굽힌 목을 앞으로 들었다. 다시 허리를 핀다.

어깨를 쫙 피고, 담담하고, 평범하게 눈물을 흘린다.

“드라마에서나 볼 법한 중환자실은 아니었습니다. 간호인 둘과, 의사로 보이는 사람이 저희 가족들을 맞이했죠. 그리고 얼마 남지 않다는 선고를, 남겼어요. 그때는 잘 기억이 나지 않습니다. 울고 있었거든요.”

“그리고요?”

“주름 가득한 손을 잡아드렸습니다. 그 손은 어릴 적 그대로 따듯하고, 상냥했죠. 그리고 저를 쳐다봤어요. 한 번 찾아가고, 전화 한 번 하지 않은 절 쳐다봤습니다. 그때는 마음이 철렁 무너졌습니다. 너무 죄송스럽고, 마음이 아파서 어찌할 줄 몰랐습니다.”

인간은 어리석다.

잃어야, 진정 그게 얼마나 소중한 거였는지 알기에.

“그래서 펑펑 울면서 죄송하다고 말했어요. 할머니는 그런 저의 머리를 한 번 쓰다듬고, 물었죠. 웃긴 건 그때조차 전 어리석게도 원망을 하면 어쩌지 두려워하고 있었어요.”

"할머님이 뭐라고 물어보셨죠?"

누군가의 어머니였던 여성은, 위대했다.

"아가, 공부는 어쩌고 왔어? 와도 괜찮아?"

뜨거운 눈물이 멈추지 않는다.

"저는 최악입니다."

그리고 심청환은 자신에 대해 소개한다.

"치매 걸린 할머니가 부끄럽고, 귀찮았습니다. 그래서 가기 싫다고 변명을 했습니다. 하지만 할머니는 그걸 끝까지 기억하시고 절 걱정해 주셨죠."

심청환은 후, 하고 숨을 크게 들이 쉬었다가 내쉬었다.

목소리는 떨리고 눈물은 여전히 뚝뚝 떨어진다.

울면서 보는 면접이라니, 보기 드문 광경이다.

하지만 어느 누구도 그걸 보고 비웃지 않는다.

동정하지 않는다.

그저 두 귀를 열고 경청할 뿐이다.

"전 벌을 받아야 합니다. 재활용도 되지 않은 쓰레기입니다. 그 간단한 것조차도 하지 않은, 그런 놈입니다."

두 주먹을 불끈 쥐었다.

예전 일을 생각하니 감정이 박쳐 오른다.

"아가, 왜 울어? 응? 할미가 사탕 줄 테니까 울지 마."

"히히. 그래도 기쁘긴 하네. 오랜만에 손주 얼굴도 보고. 할미가 이기적이여서 미안혀!"

할머니는 죽기 직전까지도 손주를 걱정하고 달랬다.

"그렇기에, 속죄입니다. 저희 할머니처럼 불행하게 돌아가시는 분이 없도록 하고 싶습니다. 그게 제가 사회복지사가 된 이유고, 여기에 지원하게 된 계기입니다."

후련한 마음에, 입가에 미소를 짓는다.

눈물이 넘치는 걸 넘어 폭포처럼 쏟아지지만 괜찮다.

부끄럽지만 이상하게도 부끄럽지가 않다.

모순적이고 복잡미묘한 감정을 담은 채 웃었다.

정지우는 그런 심청환에게 조용히 다가갔다.

그리고 아직 김이 모락모락 피어오르는 커피를 건넸다.

위에서 아래로가 아니다.

앉아 있는 심청환을 위해, 무릎을 꿇고 눈을 맞췄다.

그리고 커피 잔을 그에게 건네자마자, 무릎을 치면서 씩 웃는다.

“이봐요, 심청환 씨가 최악이라면 저 같은 사람은 어떻게 살라고요?”

“끄흑! 끅! 끄흐흑……!”

“합격입니다. 연봉 협상부터 하도록 하자고요.”

정지우가 웃었다.

거짓 하나 없이.

순수한 존경을 담아서.

* * *

지우는 심청환을 보자마자 놀랄 수밖에 없었다.

우연찮게 중학교나 고등학교 동창을 만나기라도 해서가 아니다. 반가운 얼굴이 아니라, 계측 펜의 수치 결과 때문이다.

첫 번째 펜, 봉사지수부터 범상치 않았다. 처음으로 날개가 나타난 걸 보고 놀란 가슴을 추스르느라 바빴다.

그뿐만 아니라, 성실도는 동그라미. 성향도 동그라미였다.

비록 모두 날개가 아니었지만, 모두 날개가 뜨려면 과거 역사에서나 나올 법한 성인(聖人)이 아니라면 현실적으로 불가능하다.

심청환의 수치는 좋은 쪽으로 비정상적인, 무척 보기 드물었다.

알다시피 앱스토어의 물건은 효과만큼은 확실하다. 의심을 하기 민망할 정도로, 절대적인 힘을 지녔다.

계측 펜이 저런 수치를 내놨다면, 그만큼 심청환이 범상치 않은 인물이라는 뜻이다.

그래서 심청환이 맨 처음에 어리바리하게 있고, 말조차도 제대로 꺼내지 못했는데도 지우는 기회를 줬다.

결과적으로만 보자면 그 판단은 옳았다.

그의 눈을 보고, 과거 이야기를 듣고, 그 속에 담긴 진실성을 확인하면서 심청환이 얼마나 올바른 인간인지 확실하게 알 수 있었다.

솔직히 계기를 물은 것도 그저 어떤 사람인지 알고 있어서 물었을 뿐이다. 계측 펜의 결과를 보자마자, 이 사람을 무조건적으로 고용하기로 마음먹었었다.

앱스토어의 상품이 알려준 수치인만큼, 사람 됨됨이는 기본적으로 고용해도 문제가 없을 테니까.

그리고 그를 내보낸 뒤, 면접을 계속했다.

백 명 모두의 면접을 끝내자 온몸이 피로해졌다. 하지만 그만큼 정신을 쏟을 가치는 있었다.

비록 심청환만큼은 아니지만, 그래도 그럭저럭 준수한 수치를 지닌 선한 사람들도 존재했다.

세상과 인간은 생각보다 썩었지만, 반대로 생각보다 좋은 사람들도 있다.

"대충이나마 준비는 다 됐어."

시설은 한 달 정도만 기다리면 그만이고, 심청환을 포함하여 사회복지사, 간호인, 경비 등의 직원도 고용하였다.

그 인원은 서른 명 정도밖에 되지 않았지만, 어차피 규모가 크지는 않으니 이 정도면 충분하다. 설사 부족하다 하더라도, 나중에 가서 더 고용하면 그만이었다.

"할 수 있다, 정지우. 조금만 더 힘내자고!"

제5장

카스트로 폴로스(Castor pollux)

한 달이란 시간이 눈 깜짝할 만큼 빠르게 지나갔다.

페라리우스는 일 처리만큼은 확실했다.

해머가 말한 대로, 한 달이 지나자마자 완공됐다.

"오오……."

의정부에 위치한 백 평의 땅.

그 백 평의 땅 위에 우뚝 솟은 이 층짜리 세련된 건물을 보면서 땅 주인이자 건물주는 감탄을 터뜨렸다.

확실히 드워프는 예술의 종족이라 불릴 만했다.

단언컨대 예술의 '예' 자도 모르는 지우가 건물을 보자마자 할 말을 잃고 넋이 나갈 정도로, 어떤 미사여구를 붙여야할지 고민이 될 정도였다.

“이 얼마나 아름다운가! 대출 하나 끼지 않은 내 땅, 내 건물!”

솔직히, 외관이 어떻든 간에 상관없다.

그의 속내를 드러내보면, 설사 외관이 도저히 이해할 수 없는 디자인이었다 해도 자기 것이니 상관없다 — 하고 생각하고 있었으니까.

“이렇게나 기뻐하니 만든 사람 입장에서 아주 기분이 좋구먼! 껄껄껄!”

해머가 그런 지우의 얼굴을 보고 호탕하게 웃었다.

“기쁨을 방해하고 싶을 생각은 없네만, 그래도 일단 자네가 요구한 것이 잘 가동하는지 확인을 해야 하네. 괜찮다면 함께 들어가 보겠는가?”

“예, 물론이죠.”

건축비는 총 6억, 그중 반은 선금으로 이미 지불했고 남은 금액은 완공을 모두 확인한 뒤에 지불하기로 했다.

그러기 위해선 초기에 건물을 세웠을 당시, 지우가 요구했던 것이 하나도 빠짐없이 완성되어 있어야만 했다.

*　　*　　*

발걸음을 내딛자, 사람을 인식한 자동문이 옆으로 열린다. 이러한 기술과 과학력 또한 드워프가 처리했다 하니 신기할 따름이다.

이차원 고용에 명시된 내용처럼, 현대 지구에 소환된 드워프들은 확실히 현대 문명에 대한 지식도 상당했다.

딱히 지우의 도움도 필요 없이, 알아서 이런 것들을 척척 해냈으니 말이다.

"제대로 설치됐군요."

"암, 당연하지."

자동문의 이야기가 아니다. 그렇다고 건물 안의 구조나 인테리어를 말하는 것도 아니었다.

전체적으로 몸이 불편한 노인들을 위해서 세워진 시설의 구조를 이야기하는 것도 아니다.

지우가 진정 신경 쓰이는 것은 전혀 다른 것이었다.

해머를 비롯한 페라리우스의 드워프들이 지닌 현대 문명은 솔직히 기본만 하면 그만이다. 그 이상 바라지 않는다. 그가 진정 신경 쓰인 것은, 현대 문명이 아닌 판타지 고유의 마법 문명이었다.

"자, 천장을 보게나."

눈을 돌려 천장을 살피자, 입이 쩍 벌어져 다물 생각을 하지 않았다.

어떠한 색도 들어가지 않은 새하얀 천장, 그 위에는 기하학적이고 복잡한 문양이 엉킨 마법진이 자리 잡고 있다.

하나의 마법진이 아니라, 여러 개의 마법진이 마치 시계의 톱니바퀴마냥 서로 맞물려서 아주 느릿느릿하게 회전하면서 아름다운 광경을 보여 준다.

"아름답지? 나도 잘 알고 있네."

해머는 흥, 하고 코웃음을 치며 가슴을 쫙 폈다.

"정신 계열 마법 중에서도 꼭대기 층에 위치한 마법, 카스트로 폴로스(Castor pollux)일세. '행복' 이라는 뜻으로 저 마법진이 설치된 지역에 있는 일반인들은 모두 정신적인 영향을 받지. 게다가 마도왕(魔道王)이라 불린 카슬란의 구성 마법 술식도 약간이나마 들어가 있지."

"구체적으로 어떤 영향이죠?"

"우울장애, 조울증, 분노조절장애 등 온갖 부정적인 정신 질환을 미리 차단해 주거나 최소화해 주지. 그뿐만 아니라 노화에 따른 뇌의 퇴화도 완벽히는 아니지만 그럭저럭 막아주네. 즉, 정신적 질환 치유 마법으로는 극상이라는 소리일세!"

"오오, 마법! 오오, 드워프!"

당장이라도 무릎을 꿇고 찬양할 기세로, 지우는 해머를 존경이 담긴 눈빛으로 쳐다봤다.

예술품에 자부심이 가득한 종족인 드워프이기에, 칭찬을 받자 그 기분은 하늘을 찌를 정도로 높아졌다.

해머는 코를 피노키오 마냥 우뚝 세우고, 가슴에 바람을 넣은 듯 펴서 크게 부풀리고, 껄껄하고 웃어 댔다.

"비록 지속 시간이 영구하진 않지만, 그래도 오십 년은 갈 걸세. 후에 이 효과를 지속하고 싶다면 언제든지 연락하게. 조금 깎아서 재설치도 해 줄 수 있으니까."

"드워프는 작은 거인이라 하던데, 그게 정말이군요. 어찌 이렇게 배포까지 크신지……."

"크하하하핫!"

노인복지시설을 세울 계획을 그렸을 때, 그가 그렇게나 자신만만했던 건 이런 연유였다.

현대 문명에서, 마법은 생각보다 더 절대적인 힘을 발휘한다. 과학력에 마법 문명을 더하면, 몇 세기는 앞설 수 있다. 아니, 설사 미래가 된다 하여도 마법 같은 효과를 낼 수 있는 과학력은 별로 존재하지 않을 것이다.

과학 시설에, 마법적인 효능을 부여한다면 아무리 뻘 짓을 해도 대박이 날 수밖에 없다.

"확실히 대단하십니다. 그런데, 이 마법은 어찌 설치하신 겁니까? 외주라도 맡기셨나요?"

"그럴 리가. 확실히 카스트로 폴로스가 고위에 속하는 마법이긴 하지만, 우리 페라리우스에 그 정도 인력이 없을 만큼 작은 회사는 아닐세."

"응? 페라리우스는 다(多)종족 회사가 아니잖아요?"

"아까부터 무슨 소리를 하고 있는가? 당연히 저 마법은 우리 드워프가 마법으로 설치한 거 일세."

"헤?"

여기서 그의 판타지 상식이 하나 무너졌다.

그가 소싯적에 판타지 소설을 봤을 때, 그 이야기 속에 나오는 드워프들은 대부분 타고난 대장장이, 그리고 괴력을 지닌 전사다. 결코 마법사는 아님으로, 그런 설정이 나오는 소설이나 만화도 거의 없다시피 했다.

지우가 한심한 얼굴로 머리를 갸웃하자, 해머는 눈살을 찌푸리며 못마땅한 표정을 지었다.

"하여간 인간들 사이에서는 요정족에 대해 정말 이상하게 와전됐군그래. 우리 종족, 드워프는 대장장이면서도 우수한 마법사이기도 하네. 물론 마법의 종족이라 불린 고룡족이나, 엘프만큼은 아니지만 우리 조상들은 마법을 더하여 던지면 반드시 명중하는 창 등 여러 가지 신기(神器)를 창조했지."

"과연 대단하십니다. 역시 몸집만 큰 파충류와, 빼빼 마른 엘프 따위와는 비교도 할 수 없을 정도로 대단한 드워프답습니다."

아부도 이 정도면 신 급!

"으허허허, 이 친구 보면 볼수록 정말 마음에 든단 말이야! 어때, 이 일 때려치우고 우리 회사에 취업이라도 하는 건? 껄껄껄!"

"껄껄껄! 아이고 배야, 내 배꼽이 어디 있지? 너무 웃겨서 배꼽이 떨어졌군요!"

* * *

복지시설도 성공적으로 완공하고, 마법 효과도 현대 건물에 잘 안착했다. 직원 서른 명 역시 고용했다.

심청환을 필두로, 사회복지사 여럿이 모여서 알아서 향후 방책들을 알려 주고 조언해 주니 굳이 어렵게 생각할 필요도 없었다. 그쪽 방면으로 그다지 지식이 없는 지우는 그들에게 거의 모든 일을 맡기고, 알아서 하라고 했다.

그 말을 들은 심청환을 비롯한 사회복지사들은 크게 감동했다.

"우릴 고용한 지 얼마나 됐다고 이렇게나 신뢰해 주시다니……."

"게다가 이제 막 시작하는 양로원이라서 신경 쓸 때도 많을 텐데 말이야. 이렇게 덜컥 전권을 모두 대리하다니, 대표님은 부처신가?"

"처음 절 고용해 주셨을 때부터 알았습니다. 비록 나이는 저희보다 어리지만, 나이에 상관없이 존경받을 가치가 있는 사람입니다."

"듣자 하니 양로원을 설립한 것도 남들처럼 사회복지사업 때문이 아니라, 순수하게 자기 돈을 써서 남을 돕기 위해서라고 하셨어. 그분은 진정 인간인가?"

솔직히 툭 까놓고 말하자.

그들이 철저하게 오해를 하고 있을 뿐이었다.

지우가 노행 양로원에 있는 노인들을 보고 조금 딱하다고 생각하긴 했으나, 어디까지나 그 정도이다.

그는 이익 없는 사업을 하지 않는다. 여동생의 부탁과 더불어, 선한 명성을 얻을 수 있는 광고 때문이었다.

게다가 복지에 그렇게까지 관심이 있는 것도 아니었기에, 노행 양로원처럼 비리 등 터무니없는 사건만 일으키지 않고 적당히 돌아가기만 하면 그만이었다.

물론 그렇다 해도 일을 아무에게나 맡겨도 된다는 건 아니다. 지우가 현재의 직원들과 별로 친하지도 않은데 신뢰하고 있는 건 모두 계측 펜 덕분이었다.

계측 펜이 보증해 주기에, 그걸 철저하게 믿는 것.

그래서 별로 친하지도 않는데 일을 맡길 수 있게 됐다.

물론 그 사실을 모르는 직원들은 지우의 행동에 착각하고 멋대로 감동하여 신성화를 할 정도로 과대평가했다.

여하튼, 직원들이 그를 존경하고 칭찬하건 말건 간에 지우는 자기 할 일을 위해서 다시 한 번 노행 양로원을 찾았다. 그들을 자기 시설로 데려오기 위해선 그래도 노인들의 허락을 받아야했다.

다만, 문제가 있었다.

"당신!"

대학생으로 위장하고, 노행 양로원에 갔을 때.

열이 받아서 직원 한 명을 후려친 적이 있었다.

그리고 오늘 우연히 다시 만난 그 직원이 지우를 발견하자마자 눈을 부릅뜨고, 분노의 일갈을 터뜨렸다. 덕분에 양로원 사람들에게 주목을 받았다.

"에잉."

하필이면 문제가 있었던 직원과 곧바로 눈을 마주치다니, 운이 좋지 않다.

이에 직원은 악귀처럼 일그러진 얼굴로, 안내 데스크에 준비된 수화기를 들어 어디론가 연락했다.

얼마 지나지 않아서 발걸음 소리와 함께 허리춤에 진압봉을 걸어둔 차림의 경비들이 다섯 명 정도 몰려왔다.

"아주, 잘 왔다! 내가 네놈을 얼마나 기다린 줄 알아? 널 폭행죄로 감옥에 처넣겠어!"

확실히 그때 맞았을 때, 상당히 다쳤는지 목에는 깁스를 감고 있었다. 그걸 본 지우가 콧방귀를 꼈다.

"흥, 날 너무 물로 보는 거 아니야? 깽값 받으려고 하는 뻔한 연기 따위는 나에게 통하지 않는다. 목이나 턱이 어디 잘못될 정도로 때리지는 않았어, 임마. 엄살 부리지 마."

사람을 치려면, 병원비 정도 내줄 각오를 해야 한다. 그렇기에 법적 공방을 치러도 문제가 없도록 최대한으로 손을 써서 피해를 낮췄다.

"뭐? 이 미친놈을 내 지금 당장……."

"어허, 이름도 없는 잔챙이와는 대화하지 않는다. 오늘은 네가 아니라, 이 양로원 주인 양반 뵈러 왔어. 그러니까 날 응접실로 안내하고, 그 양반 불러. 거래할 게 있으니까."

지우는 직원이 하려던 말을 단칼에 자르고 주머니에 손을 집어넣었다. 그리고 눈매를 가늘게 뜨고 나름 위압감 넘치는 눈으로 직원을 한 차례 쏘아봤다.

"……으읏."

신기하게도 직원은 마치 그리스 로마 신화에 나오는 메두사의 눈과 마주친 것처럼 돌처럼 딱딱하게 굳어 손가락 하나 꼼짝하지 못했다.

'호오, 이거 꽤 괜찮은데?'

괜히 분위기를 잡고 째려본 게 아니다.

물론 기선제압과 함께, 우습게 보이지 않고 경비들이 허투루 다가올 수 없도록 제지한 의도도 있었지만 — 그가 최근에 얻은 초능력, 트랜센더스의 효능 확인 때문이다.

'트랜센더스는 단순히 육체적, 정신적으로 인간의 한계를 뛰어넘을 수 있게 해 주는 것이 아니야. 비록 상품 내용에 쓰여져 있지는 않지만 다양한 효능을 숨기고 있다.'

백 킬로그램이나 되는 바위를 한 손으로 들 수 있다거나, 백 미터를 오 초 이내로 주파한다거나 등도 확실히 굉장하지만 트랜센더스의 힘은 그게 다가 아니다.

무협지에 보면, 무림 고수들은 기(氣)라는 생체 에너지를 바깥으로 방출하여 남이 덤비지 못하도록 제압하곤 한다. 이런 비과학적인 힘이, 지우에게도 숨겨져 있었다.

나중에 시간이 나면 트랜센더스에 대해 좀 더 연구해야겠다고 생각한 지우는, 한 걸음 내디디며 입 바깥으로 목소리를 꺼내 말을 잇는다.

“내 말대로 하지 않는다면 넌 필히 후회할 거야.”

“무, 무, 무슨 헛소리를…….”

“정말 못 믿겠다면 날 그냥 보내도록 해. 하지만 그랬다가 큰일이 일어난다면 어떻게 할까? 네가 나중에 보고했다가, 여기 대표가 듣고 불같이 화를 낸다면? 그럼 네 인생은 완전히 쫑나고, 내쫓겨서 실업자가 되겠지.”

“……끄으응!”

지우의 말을 듣고 있는 직원은 미치고 팔짝 뛸 노릇이었다.

저번에 봤을 때는 분명 어디에서나 볼 수 있을 법한, 현실에 순응하여 그저 그런 인생을 살아가는 대학생이었다.

하지만 지금은 전혀 아니다. 몸 자체에서 흘러나오는 설명할 수 없는 이상한 분위기. 그 분위기에 압도되어 직원은 지우의 말에 자기도 모르게 넘어갔다.

사람들은 이런 미증유의 분위기를 보고 종종 말한다.

아우라(Aura)라고.

* * *

노인복지시설, 노행 양로원의 원장 김민규는 부글부글 끓어오르는 심정을 도저히 참아낼 수 없었다.

그는 방금 전까지만 해도 얼마 전에 낚은 어린 영계 애인과 함께 원장실에서 사랑을 속삭이고 있었다.

그렇지 않아도 요즘 영 기운을 못내는 분신이 힘을 내려고 할 때, 아래층에서 들려오는 소란 때문에 할 수 없이 애인을 돌려보내고 옷을 추스를 수밖에 없었다.

'후우, 가끔 정의감에 넘치는 철없는 대학생이 이렇게 꼭 정기적으로 온단 말이야.'

이런 소란이 일어난 건 처음은 아니다. 예전에도 노행 양로원의 비리나 부정부패를 보고 느낀 대학생이 참지 못하고 막가파로 원장실에 쳐들어온 적이 있었다.

그럴 때마다 김민규는 권력과 돈의 힘으로 그 사건 사고를 무마하곤 했다.

어차피 적이라 해봤자, 그저 그런 집안의 평범한 대학생일 뿐이다. 사회적 지위부터 이렇게나 차이 나는데 대학생이 뭘 한다 해도 쉽게 막을 수 있었다.

김민규는 오늘 쳐들어온 대학생도 그런 부류로 생각했다.

"학생이 날 만나고 싶다 했나?"

불과 며칠 전에 새로 맞춘 정장에 묻은 먼지를 손으로 툭툭 털어 내며, 김민규는 몸이 빨려 들어갈 것만 같은 고급 소파에 몸을 맡긴 채 오만한 눈을 빛냈다.

"원장님, 이놈은 대학생이 아닙니다."

경비와 함께 원장실로 안내해 준 직원이 번개처럼 반응하며 고자질했다.

"시끄러워. 넌 뭘 잘했다고 대화에 껴들어?"

하지만 정작 김민규는 자기 선에서 일 처리를 제대로 하지도 못한 무능력자가 신경에 무척이나 거슬렸다.

그러다 보니 좋은 말이 나올 리가 없다. 차라리 이 자리에서 얼른 꺼져줬으면 하는 눈초리로 직원을 째려봤다.

"죄, 죄송합니다……."

직원은 놀란 자라 마냥 목을 움츠리며 뒤로 물러섰다.

그제야 화가 조금 가라앉은 김민규는 다시 시선을 돌려 맞은편에 무심한 얼굴로 왠지 모르게 건방진 자세로 앉아 있는 지우에게 다시 말을 걸었다.

"학생이 아니라면 뭔가? 그냥 자원봉사자?"

"사업가요."

인간, 아니 생명체라면 응당 지니고 있을 분위기인 '아우라' 가 만개한 꽃마냥 활짝 핀다. 또한 거기서 멈추지 않고 알파에서 베타로 그 단계도 한층 올라섰다.

아래층에서 직원은 제압했던 힘을 보여주며, 김민규와 마찬가지로 고급 소파에 앉은 그는 다리를 꼬고 양팔을 활짝 펴서 소파에 기대어 거만한 자세를 취했다.

평소 소시민 중에 소시민에 자신감이라곤 눈곱만큼도 없었던 지우는 신기하게도 마치 예전부터 익숙하다는 듯의 여유로운 자세와 표정을 보여주었다.

그러자 김민규의 오만 가득한 얼굴에도 변화가 일어났다. 눈을 흐리게 뜨고, 생각을 하고 있는지 의문이 들 정도로의 표정이 확 펴지고 긴장감이 어린다.

'이놈, 보통 놈이 아니다. 뭔가 있는 놈이다.'

김민규는 사업가, 그것도 사회복지사업을 하다 보니 정부 사람들을 포함하여 정말 많은 사람을 만났다.

특히 김민규는 비리나 부정부패가 바깥으로 흘러 나가지 않고, 막기 위해서 정치인 등 거물들을 제법 만나 봤다.

신기하게도 눈앞의 젊은이가 그 거물들과 비슷한 분위기를 풍기고 있다. 이마에는 땀방울이 송골송골 맺혔다.

'옷차림을 보면 대단한 놈은 아닌 것 같은데…….'

사회적 지위를 가진 사람의 모습 중 제일 중요한 건 단연 특유의 분위기와 더불어 옷차림이다.

복장은 곧 사회에서 어느 자리에 있는지 알 수 있다. 만약 그가 처음부터 이태리제 정장에, 이름만 들어도 알 정도의 시계를 차고 있었다면 달라졌을 것이다.

'대체 뭐지?'

옷차림은 동네 시장에서 산 것 같은 싸구려인데, 옷걸이는 전혀 그렇지 않다. 그러다 보니 짐작이 되지 않아 상황 파악이 힘들다.

"긴말하지 않겠습니다. 이 명단에 올라간 노인 분들을 저희 쪽 복지시설로 이주시켜줬으면 합니다."

지우는 미리 조사하여 준비해 두었던 서류를 목재로 된 탁자 위에 올려두었다. 그러자 김민규는 서류를 얼른 집어 들고, 대충 훑어 내렸다.

'로드 양로원?'

김민규는 사회복지사업에 뛰어든 지 제법 됐다. 그 덕분에 주변 양로원에 대해 잘 알고 있었는데, 서류에 명시된 이름은 처음이었다. 아무래도 최근 생긴 듯했다.

'로드, 정지우……어디서 많이 듣던 이름인데.'

낯선 이름은 아니었다. 어디선가 들어본 이름이었다.

하지만 좀 더 머리를 굴려 봐도 생각은 나지 않았다.

김민규가 비교적 최근 유명해진 지우의 이름이나, 로드 카페에 대해서 모르는 것이 딱히 이상한 것은 아니었다.

같은 업종이라면 모를까, 관심도 없는 전혀 다른 업종에 지식이 없다는 건 흔한 일이다.

게다가 김민규는 이미 각종 비리와 부정부패를 통해 제법 많은 돈을 벌었다. 굳이 이걸로 다른 사업에 눈을 돌릴 필요도 없었고, 이 돈으로 남은 여가 생활을 보내는 중이었기에 신생 기업에 대해 별로 관심을 두지 않았다.

그렇기에 지우의 이름을 듣고도 누구인지 알아챌 수 없었다.

"노행 양로원에 입소해 있는 노인 분들은 총 백여 명, 그 중에서 마흔 명 정도 데려오고 싶습니다."

'흐응……무슨 생각이지?'

김민규는 사람으로서 썩었지만, 그렇다고 바보는 아니다. 이 자리까지 오는데 노력 없이 온 게 아니다.

나름대로 사회복지사업에 대해 알고 있었고, 서류를 보

면서 지우가 건립한 양로원이 수익성 사업이 아니라 정말 돈을 퍼다 주는 순수한 복지시설이라는 걸 눈치챘다.

만약 복지사업일 경우, 설립했는데도 입소한 노인들이 없다면 신뢰하지 못해 사람들이 들어오지 못할 것이다.

그렇다면 이해할 텐데 그것도 아니니 당최 이해할 수가 없다.

"……학생, 아니. 젊은 사업가 양반. 혹시 이 마흔 명과 무슨 관계인지 알 수 있겠는가?"

게다가 이주시킬 인원의 숫자가 정말 애매하다.

노부부 하나 정도면 이해할 것이다. 어쩌면 혈연이나 어떤 우연으로 이어져 있을지도 모를 테니까.

하지만 숫자가 서른이 넘어가면 말이 달라진다.

노행 양로원에 있는 노인들은 원래부터 알고 있는 사이가 아니다. 전국에서 갈 곳 없는 독거노인이나, 혹은 자식들에게 버림받은 이들만 왔을 뿐이었다.

전혀 연관성 없이 마흔 명을 뜬금없이 데려간다고 하니, 의문을 갖는 것은 당연한 일이었다.

"그냥 조금 아는 정도입니다."

"……이보게, 뭔가 모르고 있군그래. 뜬금없이 생면부지의 사람이 찾아와선, 노인들을 달라고 하면 주겠나? 억지

부리지 말게."

초반에 지우에게 압도되긴 했으나, 그래도 몇 십여 년 동안 이쪽 업계에서 쌓은 경험이 돈 주고 산 건 아니라는 걸 증명하듯 김민규는 지우를 비웃으며 완곡히 거절의 의사를 보였다.

그 말대로, 김민규가 그들을 넘길 연유는 없다.

아니, 설사 넘긴다고 해도 그의 입장에서 이득이 되지 않은 행위니 할 수 있을 리가 없다. 그들을 내보낸다는 건 정부에서 내려오는 지원금도 줄어든다는 의미다. 그렇게 되면 지금처럼 사치를 부릴 수가 없다.

"혹시 사업을 하고 싶은 거라면, 큼큼 밥이라도 한 끼 대접해 주게. 그래야 내가 기술 좀 전수하지 않겠……."

쿵.

김민규의 말은 이어지지 못했고, 탁자 위에는 무늬 없는 검은색에 딱딱하고 튼튼한 소재의 손가방이 자리를 차지한다. 일명, 아타셰 케이스(attache case). 흔히들 007가방이라 부르기도 한다.

"이런 거 꼭 해 보고 싶었단 말이지."

눈썹 하나 꿈쩍하지 않고, 그는 번호식 자물쇠에 걸린 락을 침착하게 푼 뒤에 가방을 열었다.

그러자 김민규가 흡, 하고 숨을 들이켰다. 그 옆쪽에 서 있던 경비들도 두 눈을 휘둥그레 떴다.

느와르 장르의 영화에서나 볼 법한 장면이 눈앞에 전개됐기 때문이었다. 손가방 안에 들어간 것은, 노란색으로 물들인 오만 원 권 지폐더미였다.

"이백 장, 종합 천만 원입니다. 긴말하지 않겠습니다. 질문에도 답하지 않겠습니다."

"처, 천만……!"

"물론 이주를 하실지 안할지 노인 분들에게 제가 허락을 받겠습니다. 허락을 받으면 그대로 이주하고 허락을 받지 못한다면 데려가지 않겠습니다. 하지만 설사 모두 다 거절당한다 해도 이 돈, 그냥 넘겨 드리죠."

"지, 진심인가?"

"예."

김민규는 더더욱 이해할 수 없었다.

상식적으로, 아무런 관계도 없는 — 죽기 직전이며 치매에 걸린 노인들을 데려가려는 이유를 당최 알 수 없었다.

마음 같아선 왜 이런 행동을 하는지 묻고 싶었다. 깊게 캐고 싶었다.

하지만 눈앞의 젊은 사업가는, 일종의 뇌물을 줬다.

묻지 말라는 뜻으로 천만 원을 제시한 것이다. 그것도 귀찮게 재산 목록에 걸리지 않는 현금을 줬다. 그렇지 않아도 요즘 세상 살기 힘든데, 현금을 구해다줬다. 싫어할 리가 없다.

"으하하하! 이제 보니, 자네 물건이구만! 알고 보니 완전히 우리 동종 업계 사람이었어!"

생각하는 것보다, 돈에 눈이 먼 인간은 때때로 제대로 된 판단을 내릴 수 없다.

"그럼 전 이만 가 보겠습니다, 원장님."

"벌써 가려고? 괜찮다면 내 크게 대접하겠네. 자주 가는 술집이 있는데 거기 여자들이……."

"괜찮습니다. 어차피 곧 보게 될지도 모르니까요."

제6장

오른손이 하는 일을 왼손이 알게 하라

KCB(Korea Commercial broadcasting:한국 민영 방송) 본사 건물이 제법 시끄럽다. 어젯밤, 방송사 이메일 주소로 수신된 다량의 사진이 포함된 제보 때문이었다.

"특종이다!"

대한민국 최대 방송사 중, 무려 아홉시 뉴스의 프로듀서를 맡고 있는 민완서는 환희의 목소리로 외쳤다.

"민완서 프로듀서, 무슨 일인데요?"

무려 십 년 동안 민완서와 함께 호흡을 맞춘 메인 앵커, 손희선이 대본을 읽던 도중 호기심 어린 얼굴로 물었다.

"어제 새벽에 메일이 왔는데, 희선이 네가 한 번 봐봐."

민완서는 씩 웃으며 그녀에게 미리 프린트해 온 메일의 사진을 손희선에게 건넸다.

손희선은 손에 쥐고 있던 대본을 잠시 내려두고, 민완서가 건넨 사진을 훑어보았다. 그리고 얼마 지나지 않아 고운 미간을 찌푸리면서 고개를 절레절레 흔들었다.

"이 일하면 익숙해질 만한데, 익숙해지지가 않네요. 아직도 이런 천하의 쌍놈들이 있을 줄은 몰랐어요."

"원래 세상이 다 그래. 선행을 악용해서 돈 벌려는 놈들이 많아."

이메일의 제목은 '노행 양로원을 고발합니다.' 였다.

이름에도 알 수 있다시피, 세상 속에 숨겨져 있던 노행 양로원의 직원들의 태도 등이 적나라하게 찍혀 있었다.

다만 초상권 보호를 신경 썼는지, 그래도 얼굴은 모자이크를 해 두었다. 좋은 센스다.

민완서는 신난 얼굴로 계속해서 손희선에게 상황이 어떻게 돌아가는지 설명했다.

"발신자가 공중파, 케이블, 지방 방송할 것 없이 가리지 않고 보냈어. 독점을 하지 못하는 게 아쉽긴 하지만, 다들 벌떼같이 노행 양로원으로 몰려들었어. 우리도 거기 파견

나간 애들한테 실시간으로 오고 있으니까 속보 때리자고."

"생각한 것보다 스케일이 크네요. 크게 대단한 것도 아닌 것 같은데……."

손희선은 뚱한 얼굴로 중얼거렸다.

그러자 민완서가 식겁하면서 주변에 누가 없는지 확인한 뒤, 입가에 손가락을 대고 목소리를 낮추라는 시늉을 했다.

"어허, 입 조심해. 앵커가 그런 소리를 하면 어떻게 해? 그렇지 않아도 작년에 노인이나 아이를 모욕하는 등 제정신 아닌 사건이 많았잖아. 그래서 대중들이 그것 때문에 민감하다고. 함부로 말했다간 아무리 너라도 목 날아 가!"

"칫……."

조금 있으면 삼십 대 중반을 앞둔 손희선은 입술을 삐쭉 내밀었다.

"게다가 더더욱 웃긴 사실이 하나 더 알려졌어. 내부자 한 명 잡아서 돈 주고 안 건데, 듣자 하니 거기 오는 봉사자 대부분이 봉사 시간 증명을 가라로 받고 그걸 눈감아준 모양이야. 특종이지?"

"개판이네요."

"그래! 개판이지! 우리가 아주 좋아하는 개판!"

민완서는 소리 높여 껄껄거리며 웃었다.

방송사 입장에서 한국 사회가 떠들썩할 사건은, 곧 대박으로도 이어진다. 시청률을 높게 붙잡을 수 있는 일이다. 안 좋아할 리가 없다.

*　　*　　*

김민규에게 천만 원을 지불하고, 지하와 관련된 노인 마흔 명을 데려오기로 한 지우는 그날 바로 그들을 한 명 한 명 찾아가서 설득했다.

다행히도, 마흔 명 모두 별말하지 않고 수락했다.

그들도 노행 양로원의 행태에 다소 불편함을 느끼고 있었고, 생활이 좋지 못한 걸 알고 있었는지, 조금 과장해서 도리어 제발 데려만 가달라고 부탁할 정도였다.

이후 지우는 복지 차량을 이용하여 마흔 명의 신원 정보 서류나 소지품 등을 하나하나 빠지지 않고 다 데려왔다.

휠체어를 가져올 수 없는 것이 아쉽긴 했으나, 어쩔 수 없었다. 그 휠체어는 노행 양로원 것이었기 때문인데다가 어차피 로드 양로원에도 빈 휠체어 정도는 준비되어 있었으니 별 상관없었다.

“좋아, 이주 완료. 방송사에 이메일도 모조리 보냈다. 이제 그쪽은 방송사들이 나 대신 알아서 처리해 줄 거고."

"좋은 일 하셨습니다."

일찍이 노행 양로원에 대해 사정을 들은 심청환이 그의 옆에서 환한 얼굴로 칭찬했다.

참고로 심청환의 경우, 지우를 대신하여 양로원의 관리를 총괄하는 원장이 됐다.

어차피 지우는 뒤에서 양로원이 제대로 돌아가는지 지켜볼 뿐인지라, 원장이란 지위는 필요 없었기에 심청환에게 넘겼다.

참고로 원장 제의를 받은 심청환의 경우 그날 눈물을 펑펑 흘리면서 지우의 바짓가랑이를 잡고 '평생 따라가겠습니다!' 라며 감동했다.

"원장님, 얼마 지나지 않아 방송국이 아마 찾아올 거예요. 우리가 거기서 마흔 명이나 되는 노인 분들을 데려온 걸 당연히 알 거예요."

한 두 사람도 아니고 무려 마흔 명이다. 그 숫자가 하루만에 다른 양로원으로 이주했다면 당연히 모를 리 없었고, 또 그 연유에 대해서 궁금해할 것이다.

"로드 양로원은 이걸로 노행 양로원과 어떤 면으로 관련이 됐다고 생각해서 기자들이 정말 많이 몰려들 겁니다. 그러니 다른 직원 분들 단속하시면서 절대 취재에 협력하지 말고 잘 돌려보내라고 전해 주세요."

"과연! 지옥에서 겨우 벗어나 안정을 취하는데, 취재진이 벌떼처럼 몰려 들어와서 플래시 터뜨리며 질문 세례를 날리면 안정을 찾은 것이 아니지요. 무슨 뜻인지 이해했습니다."

심청환은 무릎을 탁 치며 감탄했다.

'정말 대단하신 분이다. 대표님은 인간이 아니라 천사가 아니실까?'

심청환은 정지우라는 인간과의 만남 이후 무조건적으로 그를 존경하고 있었다. 자신보다 몇 살이나 어린데도, 그거에 상관없이 학생 때 은사보다도 더 따르고 있다.

그 존경심이 좀 과해서, 지우의 행동은 항상 올바르고 대단하다면서 과대 해석하는 경향이 있는 편이었다.

지금도 그 경향이 고스란히 보였는데, 심청환은 지우가 노인들을 진정 걱정해서 저런 것이라고 생각하고 있었다.

'한창 시끄러울 때 취재에 응하는 건 하수나 하는 짓이지. 이럴 때는 겉으로 그렇지 않아도 힘든 시련을 겪은 피해자들에게 무슨 짓이냐고 화를 내면 더더욱 착하게 보이는 법이지!'

*　　*　　*

천만 원을 받은 대가로, 천만 국민을 분노하게 했다.

지우가 고발한 내용 덕분에, 방송사는 모두 자리를 다투면서 이 일을 방송에 내보내기에 바빴다.

게다가 방송사뿐만 아니라, 각종 인터넷 포털 사이트에서 사람들이 분노를 금치 못하며 이 사건에 대해서 퍼 나르기 시작했다. 아주 좋은 현상이었다.

받은 돈으로 무얼 할지 행복한 고민을 하고 있던 김민규는, 그제야 자신이 뒤통수를 맞았다는 걸 알고 한탄했다.

"빌어먹을! 빌어먹을!"

김민규는 창문 바깥에 구름처럼 몰려든 취재진을 보고 걸쭉한 욕설을 내뱉었다.

"그 새파란 놈이 제보자가 분명해! 그렇지 않으면 타이밍이 너무 이상하잖아!"

노인들을 빼가자마자 사건이 터졌다. 눈을 감고 봐도 누가 범인인지 뻔히 아는 사실이었다.

"으으, 그렇다고 놈을 데려갈 수도 없어. 감시카메라 영상을 모두 소거해서 놈에 대한 증거도 남지 않아……."

사건이 터지자마자 김민규는 눈치 빠르게 CCTV영상 등, 증거가 될 만한 것은 하나라도 줄이기 위해 모두 삭제하거나 태워서 버렸다.

허나 그러면서 정지우와의 만남도 삭제됐다.

"정문 근처에서 놈이 직원에게 폭력을 가한 것도 있었는데……문제는 거기에 우리 직원이 노인들을 대하는 것도 찍혀가지곤……끄으응!"

속수무책. 앞, 뒤, 옆 모두 막힌 상태였다.

복수도 할 수 없고, 당할 수밖에 없었다.

"으아아아! 내 돈 먹은 놈들은 왜 나타나지 않는 거야! 나와서 도와야 할 것 아니야!"

김민규는 눈을 벌겋게 뜨고 소리를 버럭버럭 질렀다.

평소에 국회의원 몇몇들에게 인맥을 쌓고, 대접하여 도움을 받았다. 하지만 사건이 터지자마자 그들은 모르는 척하며 몸을 숨겼다. 하기야, 사건이 이슈화됐으니 아무리 국회의원이라 해도 김민규를 돕기는 힘들다.

노인들을 이용하고, 그들을 등 처먹었던 김민규 원장.

그 역시 누군가에게 뒤통수를 맞고 몰락하게 됐다.

*　　*　　*

— 김민규 원장님, 한 말씀 해 주시죠!

— …….

— 김민규 원장님! 김민규 원장님!

아직 노인들로 북적하지 않은 일 층 로비.

바깥은 떠들썩한데도 당분간 출입자들을 엄중히 제한한 덕분일까, 한산하여 조용하기만 하다. 물론 정문 바깥에는 아직도 취재진들로 가득했지만 말이다.

"벌써 이 주일이 지났는데도 조용해지지 않네요."

커피 한 잔을 들고, 그의 옆에 앉은 심청환이 말했다.

심청환의 시선은 벽걸이형 텔레비전에 고정되어 있었는데, 마침 방송에는 김민규가 머리를 숙이고 매끈하게 잘빠진 벤츠 뒷자리에 탑승하는 것이 보였다.

"사건이 터진 직후, 조사했더니 탈탈 털려서 몇 가지 일이 더 발견됐으니까요. 솔직히 예상 외였습니다."

지우가 피식 웃으며 그 말에 답했다.

"하루라도 빨리 정리가 됐으면 합니다. 또한 이 사건을 통해 많은 사람들이 노인복지가 얼마나 열악한지 알아줬으면 하네요."

“그러게요.”

‘숨이 좀 트여야 홍보를 제대로 하지.’

전혀 다른 두 사람의 마음!

천사와 악마가 있다면, 이 둘을 예로 들 수 있다.

“어르신들은 좀 어때요?”

“굳이 말을 하지 않을 정도로, 매우 좋습니다. 저도 학생 때부터 제법 여러 양로원에 자원봉사를 나갔지만, 이처럼 안정되고 행복해 보이는 것은 처음입니다. 물론 제 직장이라서 과장하는 것이 아닙니다.”

심청환의 말에는 진심이 담겨 있었다.

“보통 환경이 바뀌면 혼란스러우실 텐데, 그런 것도 하나 없고 항상 입가에 웃음이 가득합니다. 그뿐만이 아니라 우울증이나 조울증 때문에 불행해하는 사람도 하나 없으시고, 여러모로 행복해 보이십니다.”

‘과연, 카스트로 폴로스의 힘인가.’

눈을 슬쩍 돌려 천장에 새겨진 마법진을 확인한다. 참고로 저 마법진은 일반인은 볼 수 없다. 지우처럼 비이상적인 힘을 지닌 부류나, 혹은 요정족 등 같이 마법사들만 볼 수 있었다.

어쨌거나, 카스트로 폴로스는 해머가 자신만만한 대로

확연한 효과를 보이고 있었다.

우울증 등 부정적인 감정을 모두 회복해 주는 걸 넘어서, 머리를 맑게 해 주고 뇌의 노화 또한 막아준다. 실제로 치매가 심했던 노부부가 조금 나아진 모습을 보이곤 했다.

그뿐만 이랴, 항상 감정을 긍정적으로 만들어 주기 때문에 노인들에게는 웃음이 끊이지 않았다. 밥 먹을 때, 화장실을 갈 때, 그리고 놀 때도 무척 즐거워 보였다.

"할아부지, 할머니이!"

두 남자의 앞으로 대여섯 살은 되지 않았을까 하는 남자아이가 누군가를 부르며 달려갔다. 그리고 그 뒤로 부모님으로 추정되는 사십 대 중년 부부가 천천히 그 뒤를 따랐는데, 얼굴에는 무언가 자책감이 묻어 있었다.

심청환은 그 부부를 아는지 가볍게 목례하며 인사했고, 뿌듯한 얼굴로 말했다.

"그뿐만이 아닙니다. 방송을 탄 덕분에 평소에 찾아오지 않던 가족 분들도 속속히 찾아오고 있습니다. 사건이 터지고야 오는 게 조금 그렇긴 하지만, 그래도 대표님 덕분에 어르신들이 늦게나마 구원받았습니다."

"구원이라니, 저 그렇게 대단한 사람 아닙니다."

쓰게 웃으며, 방금 지나간 중년 부부의 뒷모습을 좇는다.

그리고 그 끝에는, 손주를 품에 안고 예전과 달리 억지로가 아니라 진정 기쁜 듯 환희 웃는 노부부가 있었다.

그 모습을 확인한 지우의 입가엔 진한 미소가 번졌다.

지우는 의자에서 일어나, 한 손에 커피 잔을 흔들었다.

"그냥, 조금 밀어줬을 뿐입니다. 그뿐이에요."

*　　*　　*

파나세아(Panacea)

– 구분: 기타

– 상품을 구입해 주셔서 감사합니다.

– 단언컨대, 이 상품을 구입하셨다면 마법이 없는 문명에서 신으로 강림할 수 있다고 말씀드릴 수 있습니다.

– 로우(Low) 등급부터 하이(High) 등급의 포션뿐만 아니라 엘릭서까지 재료만 있다면 알아서 제조할 수 있는 도구입니다.

– 인류 최후의 연금술사로 알려진 생 제르맹 백작(Count Saint Germain)이 티베트로 떠나기 전에 제작한 역작입니다.

– 한 번에 한 종류만 제조할 수 있습니다.

– 재생 능력이 뛰어나기로 유명한 트롤의 피 양을 얼마나

넣느냐에 따라 포션의 등급이 정해집니다.

– 엘릭서의 경우는 현자의 돌(Philosopher's Stone)이 아닌 한 고룡족 등의 위대한 종족이나, 혹은 순수한 영혼을 지닌 종족의 혈액이 필요합니다. 그 외에도 신앙심이 굳건하고 깊은 신도의 혈액으로도 가능합니다.

– 원액을 넣으신 뒤, 그 양에 따른 물을 넣으면 완성입니다.

– 포션 종류 제작 기간 같은 경우, 로우는 7일, 미들은 14일, 하이는 21일이 걸립니다.

– 엘릭서의 제작 기간은 등급에 상관없이 한 달입니다.

– 가격: 30,000,000,000

알 수 없는 언어, 기하학적인 문양이 어떤 법칙도 지키지 않고 배열되어 있는 호리병이 눈앞에 있다.

표면을 슥 훑어보자 그 재질은 아무래도 돌인 듯했는데, 신기하게도 무게는 가벼웠다. 크기는 성인 남성이 두 손으로 끌어안아야 겨우 잡힐 정도로 크다.

안쪽이 어떻게 됐는지 구경하고 싶었으나, 출입구 쪽을 살펴보니 안이 어두워 알 수가 없었다.

"과연, 삼백 억 정도 투자하면 신이 될 수 있는 건가. 하기야, 저 돈을 현금으로 지니고 있다면 그건 신이지."

직사각형 LED 전등 빛에만 의존해야하는 방 안.

일반인은 물론이고 직원까지 출입이 제한된 이 장소는, 지우가 실험 공간으로 쓰게 된 양로원의 지하였다.

양로원은 이 층으로 이뤄져 있지만, 사실은 지하 일 층도 포함되어 있다.

양추선의 싸움과 더불어 얼마 전에 부모님이 또 사고를 당하지 않을까 하고 경각심이 든 지우가 드디어 파나세아를 이용하여 포션이나 엘릭서를 제조하기로 마음먹었기 때문에, 건축 의뢰를 할 때 지하실도 만들어 달라 하였다.

참고로 이 장소에 출입 제한이 걸린 한, 지우 본인이나 혹은 그가 허락한 인원들 빼고는 결코 들어올 수 없다.

엄중한 보안이 있는 것이 아니라, 드워프의 은폐 마법 덕분에 탐색 마법을 쓰지 않는 한 인식조차도 할 수 없다.

"백고천 그놈은 사이코긴 하지만, 그래도 나에게 좋은 일을 했네. 이런 것도 준비해 주고……."

지우는 낮은 웃음소리를 흘리며 자리를 옮겼다.

방 중앙에는 딱 봐도 폭풍의 핵과 같이 자리한 파나세아가 위치해 있었고, 한쪽 벽으로는 길고 직사각형 형태의 탁자와 더불어 그 위에는 플라스크 병들이 나열해 있었다.

그는 플라스크 병들 중, 빈 병을 제외하고 검붉게 빛나는 액체가 담긴 병을 잡았다.

트롤 블러드(Troll blood) – 1리터(ℓ)

– 구분: 재료

– 상품을 구입해 주셔서 감사합니다.

– 말도 안 되는 회복 능력을 지닌 괴물, 트롤에게서 수집한 혈액입니다. 일반적인 연고 대신 피를 발라도 될 정도로, 그 위력은 우수합니다.

– 주로 포션의 재료로 쓰입니다. 원액을 얼마 정도 쓰냐에 따라서 포션의 등급이 정해집니다.

– Low(500㎖), Middle(1ℓ), High(2ℓ)

– 가격: 10,000,000

앱스토어 상품은 사소한 것 하나하나가 다 가격이 상당한 편이긴 했지만, 겨우 일회용 재료가 천만 원은 너무 한가 싶었지만 — 그렇게까지 너무한 가격은 아니었다. 포션 중에서 최고 등급인 하이 포션의 가격은 사천만 원이다.

즉, 원래 가격의 반만 쓴다면 하이 포션을 제조할 수 있으니 도리어 이득이라 할 수 있었다.

"좋아, 그럼 로우부터 천천히 만들어 보실까."

로우 포션만 해도 현대에서는 기적이라 할 수 있는 순간 회복 능력을 지니고 있으니 만들어도 손해는 아니다.

"파나세아의 능력을 의심하는 것은 아니지만, 내가 괜히 실수했다가 트롤 블러드를 허공에 흩뿌리는 건 사양이야. 혹시 모를 가능성이 있으니 손해가 제일 적은 로우 포션부터 만들자고."

시중에서 파는 1리터짜리 계량컵을 꺼낸다. 그리고 양손에 쥔 트롤 블러드가 든 플라스크 병을 아주 조심스레 아래로 기울여 검붉은 색을 띠는 혈액을 따랐다.

물론 계량컵 눈금을 정확히 확인하며, 한 치의 실수도 없이 500밀리리터를 채웠다. 돈이 걸린 일이다 보니 그 손길을 하나하나 섬세하고 조심스러웠다.

그러곤 액체가 반 정도 남은 플라스크 병에 다시 마개를 닫고, 제자리에 돌려두었다.

"좋았어, 이제 제조 좀 해 보실까."

미리 준비해 둔 제조 도구를 뒤적거리던 그는 윗부분은 넓고 아랫부분은 좁은 원뿔 모양의 도구를 꺼냈다. 일명 깔때기라 불리며, 과학 시간에 자주 쓰던 도구 중 하나다.

지우는 원뿔형 깔때기를 파나세아 출입구에 꽂은 뒤, 오른손에는 트롤 블러드가 들어간 플라스크 병을 들고 왼손에는 500밀리미터 생수병을 들고 섰다.

"소설이나 만화에 보면 뭔가 복잡한 도구를 쓰며, 시약 좀 쓰고 맛깔나게 만들던데……나라는 사람은 인생이 참 싼 티로 가득하구나!"

멋은 없지만, 그래도 뭐 어떤가? 제조 과정이 복잡해봤자 힘들기만 할 뿐이다.

반대로 만약 제조 과정이 복잡하고, 전문적인 지식이 필요했다면 금액 값 제대로 하지 못한다고 욕했을 터이다.

"……됐나?"

트롤 블러드와 물을 다 붓고, 깔때기를 한쪽으로 치운 그는 머리를 갸웃하고 옆으로 기울었다.

원료를 넣었으면 연기라도 막 나고 그래야할 텐데, 어째 아무런 반응이 없다.

"제대로 된 건지도 모르……아!"

정신병자마냥 혼자서 중얼거리고 있을 때, 파나세아에서 변화가 일어났다. 시커먼 공간밖에 보이지 않던 호리병의 출입구 쪽이 스스로 닫혔다.

"좋아, 그럼 이제 일주일 뒤에 와서 확인하면 되겠네. 만약을 위해 앞으로 이렇게 짬 내서 포션을 만들어야지. 하이 포션까지 실험이 성공하면 엘릭서도 준비하고."

처음 파나세아의 설명을 보고, 엘릭서의 재료를 어떻게 구해야 할지 곤란했는데 걱정 없었다.

멸종한 종족, 혹은 신의 성스러운 피 등조차도 앱스토어에서 멀쩡히 팔고 있었었다.

"쩝, 백고천 그 자식 이걸로 엘릭서 좀 제법 만들어놨겠는데."

엘릭서를 제조하기 위한 재료 중에서 신경 쓰이는 항목이 하나 있었다. 바로 신앙심이 굳건한 신도의 혈액이다.

백고천은 백왕교라는 사이비 종교 단체 덕분에 엘릭서를 제조하는데 필요한 재료는 충분했을 것이다.

비록 그 교리와 더불어 신의 존재가 잘못되고 일그러졌긴 해도, 그걸 믿는 신도들의 신앙심은 진짜였으니까.

* * *

한 제보자의 고발로, 노행 양로원은 무너지게 됐다.

방송을 타고 유명해진 덕분에 경찰을 비롯하여 사회복지기관 등의 조사를 받은 김민규 원장은 횡령, 부실운영 혐의 등으로 구속됐으며, 그 밖에도 비리에 연루된 직원들 역시 모조리 수사를 받게 됐다.

사건이 터지고 약 삼 주일, 사건은 대부분 정리됐다.

정황 증거가 워낙 확실하다 보니, 김민규 원장을 처벌하는 건 어렵지 않았다. 거기다가 이 일이 이슈가 되다보니, 정부가 나서서 노행 양로원 같은 비리를 저지르는 복지시설이 또 없는 건지 철저한 단속에 나섰다.

"이 일에 어떻게 생각하시나요?"

"세상에 참 개새끼가 많……앗, 이런 죄송합니다. 너무 흥분해서 욕이 나왔네요. 이 부분 편집해 주세요."

지우가 어이쿠, 하고 머리를 긁적이며 난색을 표했다.

"하하, 괜찮습니다. 욕이 나와도 이상하지 않죠. 삐— 소리로 처리하겠습니다."

마이크를 쥔 채로 기자가 눈웃음을 지으며 뒤에 있는 촬영감독에게 사인을 보냈다. 그러자 감독이 머리를 끄덕이곤 알았다는 제스처를 취했다.

"요즘 정지우 대표님께서 주목을 받고 계시는데, 알고 계신가요?"

"예, 그게 다 제가 착하고 잘 생겨서 그렇죠."

"하하하하하! 대표님께서는 농담도 잘 하시네요!"

기자가 큰 웃음을 터뜨렸다. 주변에 있던 제작진들도 풋, 하고 웃음을 뱉어 냈다.

"확실히, 잘 생긴 건 그렇다 쳐도 착한 것은 동의합니다. 소문에 의하면 정지우 대표님께서는 사건이 터지기 전, 노행 양로원의 행태를 미리 알아채고 거기서 마흔 명의 노인 분들을 이주시켰다고 했지요?"

"네, 그렇습니다."

지우는 머리를 주억거리며 긍정했다.

"어떻게 그걸 눈치채신 거죠?"

기자가 눈을 빛내며 질문을 던졌다. 이런 사정은 아직 기사로 단 하나도 나지 않았기 때문이었다.

"그곳으로 자원봉사를 다니던 여동생 덕분이었습니다. 여동생이 얼마 전에 저에게 와서 고민 상담을 하더군요. 그 이야기를 듣고 분노하여 돕기로 결심했습니다."

"과연, 그러시군요. 대단하십니다."

기자는 과장스럽게 감탄을 흘렸다.

"시청자 여러분, 보이십니까? 여기 계신 정지우 대표님께서는 악랄한 김민규 원장에게 핍박받은 노인 분들을 돕기로 마음먹고, 그 때문에 복지시설까지 사비를 써서 세우신 분입니다. 이 얼마나 훌륭하고 대단한 젊은이인지요."

"설립한 복지시설은 의정부에 위치한 로ㄷ……."

지우가 은근슬쩍 방송 광고를 노렸다.

그러자 기자가 급하게 지우의 말을 자르기에 나섰다.

"또한, 사건이 터진 날 모든 취재진들의 출입을 허가하지 않고 양로원의 노인 분들을 위해서 신경도 써주셨습니다. 이 얼마나 고운 마음씨인가요. 정말 제가 다 부끄러울 정도입니다."

"전 원래 남을 돕는 게 천성입니다. 자고로 돈을 많이 벌면 남을 돕고 살아야죠. 제가 돈을 버는 것도 다 남을 위해서입니다."

입에 침 하나 바르지 않고 거짓말을 하는 그였다.

"게다가 대표님께서는 최근 유명해진 체인점 카페의 창업주이기도 하십니다. 나이도 어리신데, 벌써 억 대 매출을 내시고 선행까지 이렇게 나서서 하셨는데요. 정말 대단하십니다."

"후후. 뭐 그런 것까지야."

"그리고 인터뷰를 계속해서……."

양로원 사태가 다 끝내고, 정리가 제법 되자 지우는 한 방송사의 독점 인터뷰를 받았다.

물론 처음에 그냥 인터뷰를 받지는 않았다.

독점을 약속하는 걸로 모종의 거래가 있었는데, 당연히 출연료 값이었다. 그는 출연료로 약 이천만 원을 받았다.

웬만한 연예인이 아닌 이상 받기 힘든 출연료!

하지만 그만큼 이번 사건에 주목이 몰리고, 또한 사건이 터지기 직전 마흔 명의 노인들을 빼내온 주인공을 많은 사람들이 궁금해한 덕분에 이정도 출연료를 받을 수 있었다.

이 인터뷰는 철저하게 정지우라는 인간과 더불어 그에게 따르는 브랜드 값을 올려주고 홍보해 주는 계기가 됐다.

선행을 하면, 악행만큼은 아니지만 그래도 홍보가 된다.

보통 광고하려면 돈을 내야 하지만, 반대로 돈을 받고 방송 매체, 인터넷 등으로 광고를 톡톡히 했다.

실제로 그 덕분에 정지우가 과거에 도왔다는 것이 알려진 가희, 윤소정에게 온갖 출연 제의가 넘쳐났다.

영화에서부터 시작해서 드라마, 인터뷰, 그리고 예능 등 폭포처럼 쏟아질 정도였다.

당연히 그녀가 소속된 세이렌의 주식 역시 폭등했고, 지우는 남몰래 흐흐 하고 음흉하게 웃을 수 있었다.

로드 카페 역시 그렇지 않아도 성행했는데 커피 한 잔 마시려면 한 시간 정도 기다려야 할 정도로 사람들이 북적거렸다.

그야말로 대박!

'원래 내 대신해서 심청환 씨를 세우려고 했지만…….'

눈을 가늘게 뜨며, 지우가 잠시 생각에 잠겼다.

이제껏 그는 언론에 얼굴과 이름이 노출되는 걸 피하려 했다. 주목을 끌게 되고, 유명해져서 다른 두 고객에게 노출될 것이 신경 쓰여서 그랬다.

'로드 카페나 세이렌 덕분에 너무 유명해져서 언론 노출은 피할 수 없게 됐어. 인터넷에 검색한다면 금방 나오겠지. 게다가, 어차피 협력 관계였던 양추선의 죽음으로 날 찾았거나 혹은 찾고 있을 거야.'

즉, 알려지는 건 시간문제라 더 이상 조심할 이유가 없어졌다. 이렇게 된 거 차라리 언론을 철저하게 이용하고, 이득을 얻어내 하루라도 빨리 성장해야겠다고 생각한 지우였다.

님프는 고용주가 텔레비전 화면에 출현하는 걸 보고 뚱한 표정을 지었다.

로드 카페의 점장이자, 총 지배인이지만 커피 대신 맥주 한 캔을 쥐고 있는 님프는 어이없는 한숨을 내쉬었다.

"저 새끼 저거, 날이 갈수록 사기를 치고 다니네……."

제7장

너 임마!
내가 누군지 알아?

“어때, 오빠한테만 맡겨달라고 했지?”

자고로 선행으로 존경받는 사람은, 대부분 스스로 선행을 했는데도 주변에 알리지 않고 겸손한 태도를 보이기 마련이다.

그러나 정지우라는 인간은 좀 다르다.

존경을 받기엔 조금 거리가 먼 지우는 일을 처리하자마자 지하를 찾아가서 콧대를 세우며 자랑했다.

“……바보.”

얼마 전만 해도 눈물을 뚝뚝 흘리며, 오빠의 마음을 힘들게 하던 지하는 풋 하고 웃음을 흘렸다.

그 웃음을 보니 지우는 마음이 놓였다.

"저, 그런데 오빠……."

여동생의 웃음에 헬렐레하고 있는 지우를 아래에서 위로 눈을 치켜뜨고 쳐다보며, 지하가 머뭇거리는 모습을 보였다.

"응? 왜?"

"뉴스에서 보니까 오빠가 사비를 써서 양로원을 세웠다고 했는데……내 부탁 때문에 돈을 너무 쓴 거 아니야?"

서울이 아니라 의정부 땅을 구입했다고 해도, 백 평 정도 되면 그 돈은 상당히 부담스럽다.

거기에 모자라, 이 층까지 복지시설도 세우고 직원들까지 고용한 걸 보면 그 규모는 소규모라 할 수 없다.

오빠가 운영하는 로드 카페가 얼마나 유명하고, 돈도 제법 잘 벌고 있는 걸 알고 있긴 해도 기본적으로 이익 없는 선행을 했기에 그걸 걱정하는 지하였다.

툭 까놓고 말해서, 부담스럽고 미안했다.

"괜찮아. 지하 네가 생각하는 것보다 이 오빠 돈 많이 벌어. 게다가 양로원이 잘되면 부자 집 노인이 나중에 들어올 수도 있어. 그러면 돈도 벌어."

그 말대로, 그는 정말 이익을 벌 생각 없이 노인들을 도운 것이 아니었다. 노인복지시설 또한 그는 일종의 투자이자 사업의 연장선으로 생각하고 있었다.

실제로 로드 양로원이 사건에 연관되고, 방송을 탄 덕분에 몇몇 부자들이 몸이나 정신이 불편한 부모님을 입소시키려고 문의가 이어졌다.

"정말……?"

평소 오빠가 쓸데없이 허세를 떨고 있는 걸 알고 있기 때문일까, 지하는 여전히 걱정이 묻어나는 눈으로 그를 올려다봤다.

'으윽! 처, 천사다! 나와 달리 진짜 천사가 날 걱정해 주고 있어! 이 얼마나 위대한 여동생인가!'

이득을 위해 선행을 하는 인간에 비하면, 비교하는 것 자체가 모욕이 되는 천사가 눈앞에 있었다.

게다가 오빠가 아니더라도 객관적으로 상당한 외모에 속하는 지하가 눈을 치켜뜨며 올려다보니 그 파괴력은 상당했다. 만약 피가 이어진 여동생이 아니었으면 두근, 하고 반하지 않았을까 하고 생각할 정도다.

"괜찮다니까 그러네? 내 입으로 말하기 뭐하지만, 이 오빠는 돈밖에 장점이 없는 사람이에요!"

어린 나이에 가질 수 없는 재산.

다르게 말하면 그거 외에 장점이 하나도 없는 인간이다.

그 말을 들은 지하는 어이없다는 듯이 웃으며 머리를 좌우로 절레절레 흔들었다. 그러곤 차분하게 가라앉은 목소리로 지우의 의견에 부정했다.

"그럴 리가 없어. 정말 돈밖에 없는 사람은, 저렇게 남을 도울 수 없는 걸. 오빠는 누구보다 상냥하고, 착한 사람이야."

'아아, 녹는다. 녹아 버려. 여기에 성녀가 있어!'

눈을 껌뻑하고 뜨자 지하 뒤로 성스러운 빛이 쏟아져 내렸다. 너무 눈이 부셔서 제대로 쳐다보기 힘들 정도다.

게다가 보이지 않는 날개까지 보였다. 혹시 인간이 아니라 앱스토어에 명시된 천족이 아닐까 생각됐다.

'노인복지시설이 설사 실패해도 상관없어. 다른 누구의 부탁도 아니야. 지하가 울면서 부탁했어. 그리고 그 눈물을 멈추게 하고, 웃게 만들었으면 충분해.'

문득, 지우는 생각했다.

이 웃음을 보기 위해서 이렇게까지 노력한 게 아닐까.

*　　*　　*

"정지우라는 사람 알아?"

이슈의 중심인물 중 한 명이 되고, 인터뷰까지 한 지우는 본격적으로 유명해졌다.

"아아, 당연히 알고 있지. 요즘 그 사람 모를 수도 있나?"

김민규 원장이 모든 주목을 끌긴 했지만, 그래도 지우도 제법 알려졌다. 비록 연예인이나 정치인만큼은 아니지만, 그래도 제법 많은 사람들이 관심을 가졌다.

일단 그 스펙부터 범상치 않았기 때문이었다.

"로드 카페의 창업주!"

"아아, 나도 그 커피 마셨지. 게다가 가희로 알려진 그 윤소정이 속한 세이렌 엔터테인먼트의 대표 이사잖아."

"김민규 원장에게서 노인 분들을 도와주웠고."

"손해일 텐데도 사비 써서 양로원까지 설립해 줬지?"

"와, 대단한걸! 얼굴까지 잘 생겼으면 완벽했을 텐데!"

"에이, 그런 사람은 드라마에서나 나올 법한 남자고."

다만 아쉬운 점이 있다면 외모였지만, 그래도 대부분 사람들은 지우를 호의적으로 봤다.

몇몇은 질시감에 비난하는 사람도 있었지만 다른 네티즌에 의하여 금세 사라졌다.

부자나 정치인이 부모님이었다면 부모에게 손을 벌렸다고 비난을 받았겠지만, 그렇지 않았으니 반대로 자기 능력으로 자수성가했다고 존경을 받았다.

그 외에도 여러 가지 연유가 있긴 했지만 가장 컸던 것은 역시 양로원 사건의 선행 덕분이었다.

순식간에 유명해진 지우는 정말 많은 연락을 받았다.

먼저 친척.

— 오, 지우냐? 나 외종숙이야. 기억나지?

"너무 어렸을 적이라 기억이 나지 않지만, 가만 생각해보면 기억이 날 듯 말 듯합니다."

— 내가 너한테 해 준 게 얼만데……. 십 년 전에 사탕 하나 줬는데 그걸 기억 못 하니?

"죄송합니다."

— 괜찮아. 그 정도는 용서해 줄 수 있어. 그보다 지우야, 요즘 내가 괜찮은 사업을 하나 구상하고 있는데…….

"외종숙이라면 5촌인데 툭 까놓고 남 아닙니까? 예전처럼 알 듯 모를 듯하고 서로 삽시다. 끊을게요."

친척 중에서 유명인, 혹은 부자가 있다면 꼭 한 번씩 돈 좀 빌려달라고 연락하는 사람들이 있다.

참고로 나중에 안 사실인데, 친척들의 전화는 지우 본인 뿐만이 아니라, 아버지나 어머니에게도 많이 왔다고 한다.

이에 아버지와 어머니는 단호한 태도로 모두 거절했다고 한다.

"이건 나나 네 엄마가 번 돈도 아니고, 네가 사회에 나가 홀로 번 돈이다. 그걸 마음대로 할 정도로 우린 못돼 먹은 부모가 아니란다. 친척들에게는 확실하게 거절할 테니 너는 걱정하지 말거라."

아버지와 어머니는 친척들을 별로 좋아하지 않았다.

알다시피 그의 가족들은 어렸을 적부터 찢어지게 가난할 정도는 아니었지만, 그래도 빈곤층에 속했다.

반면 친척들은 나름 중산층 이상이었기에, 설날 등에 친척들이 모이는 자리에 가면 무시받기 일쑤였다.

지우도 그 기억이 아직 남아있기 때문에, 친척들의 도움 요청에 응하지 않았다.

"으음! 이놈의 인기가 상승하니 내 스마트폰이 쉬질 못하는구나."

친척 다음으로 걸려온 전화는 대학교 동기들이었다.

중학교나 고등학교 시절에는 워낙 그가 아웃사이더로 살

아서, 같은 반이었다고 하더라도 지우를 기억하는 사람이 거의 없어 방송을 봤는데도 알아보지 못하는 사람들로 부기지수였다.

하지만 대학교의 경우는, 그가 휴학한 지도 얼마 지나지 않았고, 조별 과제 등으로 연락할 필요가 있어 서로 번호를 등록했었다.

— 여보세요?

"네, 여보세요."

— 이야, 지우야 오랜만이다. 나…….

"조별 과제 때 그 탈주 닌자 분이시죠? 제가 알기로 저희 말 놓는 사이가 아니었던 것 같은데……."

— …….

아웃사이더 기질이 여기에서 빛을 봤다. 거의 유일한 친구나 마찬가지였던 김수진을 제외하곤, 친하게 지낸 사람이 없던 덕분에 연락 모두 모른 척할 수 있었다.

"역시 대학생 때는 아웃사이더지!"

아니다.

* * *

"얘, 수진아!"

"응?"

김수진은 자기 이름을 부르는 목소리에 등을 돌렸다.

정면에서 제일 친한 친구, 이은정이 헐레벌떡 뛰어오는 것이 시야에 들어왔다.

그녀는 멈춰 서서 친구를 기다렸고, 뛰어오던 이은정은 '하아 하아' 하고 숨을 내쉬며 괴로운 표정을 지었다.

김수진은 쓴웃음을 지으며, 이은정의 등을 토닥여주면서 '괜찮아?' 하고 물었다.

"휴우……난 괜찮아. 그보다, 이놈, 정지우 맞지? 국문과의 그 우중충하고 사교성 없는 네 친구!"

이은정은 스마트폰 액정 화면을 손가락으로 가리키며 목소리를 높여 외쳤다.

스마트폰에는 누군가를 인터뷰하는 기사가 있었는데, 그 주인공은 다름 아닌 정지우였다.

이에 김수진은 아하하하, 하고 어색하게 웃으면서 고개를 주억거려 몸짓으로 대답을 대신했다.

그러자 이은정이 입을 떡 벌리고 흥분했다.

"세상에, 세상에! 어디서 본 듯싶었는데, 설마 그놈이랑 이놈이 동일인물일 줄이야!"

말했다시피, 지우는 대학 생활을 제대로 하지 않았다. 특히 사교 관련으로는 최악이라 할 정도였다.

그래도 친구가 아주 없는 건 아니었는데, 바로 김수진이었고, 그녀와 단짝인 이은정도 지우와 친하지는 않았지만 나름 알고 있는 사이였다.

"기억하고 있었네?"

김수진은 아무도 기억하지 않는 아웃사이더를 알아본 이은정을 신기한 듯이 쳐다봤다.

"기억 못 할 리가 없잖아. 남자들이랑 거리를 두던 네가 유일하게 둘이서 만나던 녀석인데!"

이은정은 김수진의 물음에 기가 막힌 어조로 답했다.

그 말에 김수진은 얼굴을 시뻘겋게 붉히며 당황했다.

"자, 잠깐 둘이서 만나다니, 남들이 들으면 오해하겠어!"

"오해라니, 난 있는 그대로의 말을 한 것뿐이야."

이은정이 입가를 손으로 가리고 짓궂게 웃었다.

"우우……."

단짝 친구의 놀림에, 뭐라 반박해야 할지 모를 김수진은 앓는 소리를 내뱉으며 몸을 부들부들 떨었다.

그 모습이 귀여웠는지, 이은정은 꺄르르 웃으면서 손사래를 쳤다.

"가끔 보면 너도 참 순진해. 알았어, 그만 놀릴게. 그보다, 너 정지우 걔가 이렇게 대단한 줄 알고 있었어?"

"알고 있었다고 해야 할까, 아니라고 해야 할까……."

"응? 그게 무슨 소리야?"

머릿속으로 과거의 장면이 스쳐 지나간다.

예전에, 그와 홍대에서 만난 적이 있었다.

밥을 먹고, 카페에 들렀을 때 지우가 스스로 로드 카페의 창업자이며, 세이렌 엔터테인먼트의 대표라 밝혔다.

하지만 당시의 자신은 그 말을 전혀 믿지 못했다.

김수진이 알고 있는 정지우는 어디에서나 볼 법한, 가난한 대학생이었다. 거기에다가 사교 능력이 떨어지고, 남에게 기생충처럼 붙어서 얻어먹기 바쁜 조금 글러먹은 편에 속했다.

그녀가 그런 지우와 방송에 나온 정지우를 동일시 못 한 것도 이상한 것은 아니었다.

하지만 얼마 전에 인터뷰를 보고, 그 말이 거짓 하나 없는 진실이라는 걸 깨닫고 김수진도 나름 충격을 먹었다.

"여전히 알고 지내는 사이야?"

"응, 얼마 전에도 만났어."

"그래? 잘 됐다. 그럼 나한테 소개시켜 주지 않을래?"

이은정이 묘한 미소를 흘리며 물었다.

"어?"

그 말을 듣자, 그녀는 복잡미묘한 표정을 지었다.

"풉."

단짝의 당혹스러운 얼굴을 본 이은정은, 다시 예의 짓궂은 웃음을 입에 걸고 '요년, 걸렸다!' 라며 스트레이트를 날렸다.

"어머어머, 역시 두 분은 그렇고 그런 사이였는지요!"

"아, 아, 아, 아니거든! 너 자꾸 이러면 가만 안 둬!"

* * *

국내 최대 그룹, 리즈 스멜트의 부회장인 한도정은 레어로 구운 소고기를 나이프로 먹기 좋은 크기로 썰었다. 그리고 포크로 찍어 입 너머로 넘긴 뒤, 꿀꺽 삼켰다.

그리고 동공을 살짝 굴려서 아까부터 웃고 있는 한도공이 신경 쓰여 결국 나이프와 포크를 내려놓았다.

"아버지, 무슨 좋은 일이라도 있으세요?"

"암, 그럼. 있고말고."

아들의 물음에 한도공은 기다렸다는 듯이 반응했다. 한

도정은 어색하게 웃으며, 속으로 좀 더 빨리 물어볼 걸 하고 생각했다.

"무슨 일이신데요?"

"그야 손녀 사위가 될 놈이 인성이나 능력 모두 흠잡을 때 없다는 것을 다시 한 번 알았기 때문이지."

"콜록콜록!"

싱싱함이 묻어나는 브로콜리를 이제 막 식도 너머로 넘기려던 한소라는 그 말을 듣자마자 사례가 걸린 듯 기침을 격하게 토해 냈다. 그러곤 얼른 식탁 위에 올려 둔 물을 벌컥벌컥 마시곤 사과했다.

"죄, 죄송합니다."

"괜찮다."

한도공은 손녀의 모습이 귀여웠는지, 껄껄하고 호탕한 웃음을 흘렸다.

"사위라면……."

"그래, 얼마 전에 방송도 타고 떠들썩했던 녀석, 정지우를 말하는 게야."

"끄응."

한도정은 어떤 반응을 보여야할지 곤란했다.

존경하고 사랑하는 아버지, 한도공은 어느 날 재미있고

미래가 밝은 청년을 발견했다고 하더니, 무작정 억지를 부리면서 손녀 사윗감으로 삼겠다고 하였다.

나중에 조사를 해서 보니 확실히 아버지의 안목대로 능력이나 인성 모두 괜찮았다.

특히 최근의 행적은 대단하다 할 정도다.

비리로 가득한 양로원의 행태를 고발하고, 또 사건이 터지기 전 손을 써서 마흔 명의 노인 분들을 이주시키는 등 여러 가지 선행을 하였다.

이 사건 덕분에 그의 주가는 폭발적으로 올랐고, 로드 양로원과 관련된 로드 카페나 세이렌 엔터테인먼트도 무시할 수 없을 정도로 상승세를 보였다.

그 능력과 행보는 결코 무시할 수 없고, 대단하다.

하지만 예전에 생각했던 것처럼 리즈 스멜트 그룹과 비교하기엔 미미한 업적이다. 저 정도로는 다음 후계자 자리의 유력 후보인 딸의 사윗감으로는 부족했다.

알다시피 리즈 스멜트는 한도공이나 한도정 등을 제외하곤 지독한 성골 주의가 뿌리 깊게까지 묻혔다.

지우를 사위로 둔다면 내부에서 거부할 것이고, 이런저런 나쁜 소문이 끼칠 지도 모른다.

한도정은 그게 걱정이었기에, 지우의 성장에 마냥 기뻐

할 수가 없었다.

"도정아, 네놈이 뭘 걱정하고 있는지는 잘 알고 있다."

대한민국에서 전설적인 기업가로 알려진 한도공답게, 금세 아들의 생각을 꿰뚫어 봤다.

"하지만 그 녀석은 여기에서 멈출 놈이 아니야. 네가 그놈을 직접 보지 않아서 그래. 그 아이는 더욱더 성장할 테니 너무 걱정하지 말거라."

한도공은 두 눈을 번뜩 뜨고, 형형한 빛을 내뿜으며 확신에 가득 찬 목소리로 말했다.

"끙……."

"게다가 네 딸 반응을 보아하니, 아주 싫어하는 눈치도 아니더구나. 그렇지, 얘야?"

한도공이 부드러운 눈길로 토마토마냥 얼굴이 벌게진 손녀를 보고 물었다. 그러자 한소라는 차마 대답하지 못하고, 머리를 숙인 채로 침묵했다.

"그, 그게……."

한소라는 뭐라 반박하려 했지만, 머릿속에 딱히 적당한 말이 떠오르지 않았는지 다시 입을 다물었다.

그러자 한도공은 다시 목소리를 높여 웃었다.

"하하하! 소라도 그놈에게 마음이 있는 것 같으니, 우린 젊은 남녀가 사랑을 나누도록 지켜만 보면 된다니까 그러네!"

"하지만, 아버지. 그 아이가 소라를 어떻게 생각할지는……."

"어허, 아비가 그런 소리를 하면 어떻게? 사내로 태어나서 네 딸에게 반하지 않을 놈이 어디 있겠어?"

있다.

* * *

"내가 제일 잘 나가!"

요즈음 승승장구하며, 자존심이 부쩍 늘어난 지우는 예전 노래의 가사를 부르며 발을 내디뎠다.

"후우. 태양빛이 눈부시구나. 어쩔 수 없지. 혹시 누가 알아볼지 몰라서 그런 건 결코 아니지만, 태양 때문이라도 선글라스를 껴야겠어."

살짝 늘어난 브이넥, 하얀 와이셔츠, 다리에 딱 맞는 바지를 착용한 지우는 선글라스를 쓴 채로 씩 웃었다.

그가 서 있는 장소는 다름 아닌 세이렌 엔터테인먼트, 본사 건물이었다.

휙휙 돌아가는 회전문에 들어가, 건물 내부 안으로 들어온 지우는 느긋한 발걸음으로 앞으로 걸었다.

안으로 들어오자 커다란 기둥 아래 남녀가 서 있는 안내 데스크가 있었고, 그 양옆으로는 붉은빛이 들어온 개찰구가 늘어져 있다.

또한, 개찰구에는 까만 양복 차림에, 체구가 건장한 경비원 넷이 자리를 지키고 있었다.

지우는 그들에게 다가가 방긋 웃으며 인사했다.

"안녕하세요, 고생하십니다."

"……?"

"접니다, 저."

쓸데없이 주변 시선을 신경 쓴 지우는 선글라스를 아래로 살짝 내리고 한쪽 눈을 껌뻑여 윙크했다.

"아직 사원증을 발급받지 않았거든요. 그간 바빠서 달라고 하는 걸 깜빡 잊었습니다. 그래서 그런데, 제 대신 찍어 주시지 않겠어요?"

"흐음……."

백구십 센티미터 정도 되는 키의 경비원이 지우를 물끄러미 내려다보았다. 그러곤 무언가 이해한 얼굴로 머리를 한 차례 위아래로 끄덕였다.

"부탁드리겠습니다."

지우는 조금 쑥스러운지 헤헤 하고 웃으며 뒤통수를 긁적였다.

"이보세요, 아무리 연예인이 좋다고 이런 짓까지 하면 곤란합니다."

경비원이 짙은 눈썹을 구부리며 엄한 목소리로 말했다.

그러자 지우가 눈에 띄게 당혹스러운 얼굴로 되물었다.

"예? 뭐라고요?"

"허, 일반인인데도 연기 한 번 잘하시네. 회사 안으로 들어오려는 거 보니 사생팬 같은데, 이러시면 안 됩니다."

"하하, 농담도 참."

지우는 경비원이 정말 농담이라도 하는 줄 알았다.

한참 유명세를 떨치고, 세이렌 엔터테인먼트의 대표 이사로 취임한 사람을 직원들이 모를 리 없다.

하지만 이는 지우가 한 가지 간과하던 것이 있었다.

첫째, 그의 외모가 특징적이지 못하다는 점이다.

특별히 잘생긴 것도 아니고, 그렇다고 못생기지 않은 평범한 외모다.

거기에 얼굴에 점이 있는 것도 아니고, 흉터도 없다

어디에서나 볼 수 있을 법한 대한민국 남성이라 외우기가 힘들다.

게다가 방송 때 지우는 제법 차려 입은 양복이었으나, 지금은 어디에서나 볼 수 있을 법한 평범한 사복이어서 방송의 지우를 연상시키기가 힘들었다.

둘째, 세이렌을 인수한 뒤로 지우가 얼굴을 잘 비치지 않았다는 점이었다.

경영은 모두 박영만에게 맡긴 채, 특별히 별다른 지시를 하지 않았다. 간간이 무슨 일이 있으면 박영만과 통화로 업무를 처리했다.

얼굴을 알아보지 못한 것도 이상한 건 아니다.

"자, 빨리 함께 가시죠."

앞에 가로막은 경비원을 지나치고, 개찰구를 통과하려했다. 하지만 그러기 전에 개찰구 너머로 이 광경을 지켜보고 있던 또 다른 경비원이 앞을 막았다.

"이러시면 안 됩니다. 자꾸 이러시면 신고할 수밖에 없습니다. 팬이라면 팬답게, 예의를 지키십시오."

그리고 더 이상 농담이 아니라는 걸 깨달은 지우가 선글라스를 아예 벗어던지며 민망한 목소리를 냈다.

"저기요, 제가 이런 말하지 않으려고 했지만 저 사실 정지우요. 여기 세이렌의 대주주이자 대표 이사입니다. 무슨 오해가 있으신 모양인데……."

"허, 이제는 우리 대표 이사님까지 사칭하시군. 제정신이 아닌 모양이야. 뭐하고 있어? 끌어내!"

사생팬을 넘어, 미친놈이라고 판단한 경비원의 목소리에 다른 경비원들도 동의하며 지우에게 붙어 팔을 낚아챘다.

"미, 미친!"

그 장본인은 이 상황이 너무 황당하여 반격도 하지 못했다. 자신의 힘이라면 경비원 두세 명쯤 아무것도 아니겠지만, 정신 혼란이 일어나 그러지도 못하고 질질 끌려갔다.

"이, 이거 놔! 지금이라도 놓으면 내 용서해 주지! 해고 당하고 싶지 않으면 이거 놓으라니까!"

지우가 처절한 목소리로 울었다.

"쯧쯧쯧. 내 살다 살다 이런 미친놈은 또 처음이야!"

"그러게."

경비원들은 혀를 차면서 수상적인 사생팬의 의견을 묵살하며 출입구 쪽으로 내쫓으려 했다.

그 광경을 지켜보던, 출근한 사원들도 재미있는 구경을 하러 온 듯 낄낄 웃어댔다.

대놓고 비웃음을 당한 지우였지만, 자기를 못 알아본 충격과 황당함에 정신을 차리지 못하고 있었다.

그리고 그런 지우를 구원한 사람이 한 명 있었다.

바로…….

"지우 씨, 여기서 뭐 하시는 거예요?"

최고 인기를 달리고 있는 연예인이자, 그를 세이렌으로 부른 장본인인 윤소정이었다.

제8장

네가 그러고도 인간이야?

시간을 거슬러 올라가 어젯밤의 일이다.

방 안에서 느긋하게 쉬고 있을 때, 윤소정에게서 메시지가 왔다. 혹시 일 관련일까 해서 물어봤는데, 그녀는 '상담할 게 있는데, 괜찮다면 내일 회사로 와실 수 있으세요?' 하고 물었다.

이에 지우는 어차피 할 일도 없고, 세이렌을 인수한 뒤로 너무 찾아가지 않았기 때문에 놀러갈 겸 그러겠다고 흔쾌히 승낙했다.

그래서 정작 와 봤더니, 이 모양 이 꼴이다.

경영자인 박영만에게 가겠다고 메시지를 보낼까 하다가, 바쁜 양반 방해하기 싫은 마음에 그냥 얌전히 그녀만 만나고 가려하다가 사단이 났다.

"소정 씨가 오셔서 정말 다행이었어요. 하마터면 경비팀 죄다 자르고 새로 뽑을 뻔했지 뭐예요?"

윤소정의 증언을 듣고, 안색이 새하얗게 질린 경비원들을 떠올리며 섬뜩하게 웃는 지우였다.

"지우 씨는 여전히 농담도 잘 하시네요."

"하하, 농담 아닌데."

나중에 박영만과 상의해야겠다고 생각했다.

"그나저나, 절 부른 이유가 뭐죠?"

"그게……."

윤소정은 어두운 낯빛으로 고민을 털어놓았다.

그 고민이란 것은 구역질이 나는 연예계의 이야기였다.

데뷔한 지 일 년도 되지 않았지만, 특유의 인기 덕분에 윤소정은 온갖 방송 활동에 참여했다.

백댄서 시절의 설움을 풀기 위해서였을까, 그녀는 게으름 하나 부리지 않고 수면 시간까지 줄여가며 스케줄에 맞췄다.

힘이 들긴 하지만, 예전에 그토록 원하던 바쁜 연예계 생활을 하고 있으니 나름 만족스러웠다.

어쨌거나, 적극적인 방송 활동 덕분에 많은 연예인과 친해질 수 있었다. 특히 그중에서도 '엑스(X)' 라는 여성 그룹 아이돌과 친해졌으며, 사적으로 만나서 놀기도 했다.

"엑스……? 죄송해요, 제가 아이돌에는 관심이 없어서 잘 모르겠네요."

지우 본인이 아이돌 자체에 그다지 관심이 없기도 하지만, 일 하느라 바빴던 그의 환경 특성상 어쩔 수 없기도 하였다.

"이런 말하기 뭐하지만, 몰라도 이상하지 않아요. 그다지 인기 있는 걸 그룹은 아니니까요."

"그렇군요. 그런데 그 엑스인지 뭔지 아는 아이돌 그룹이 왜요?"

"……."

지우의 물음에 윤소정은 머뭇거리며 뭐라 말해야 할지 난색을 보였다. 그 얼굴을 본 지우가 심드렁한 얼굴로 농담하듯이 다시 물음을 던진다.

"왜요, 성 접대라도 강요라도 당했답니까?"

"앗……."

정곡을 콕 찌르자, 윤소정이 눈을 휘둥그레 떴다.

지우는 거기서 결정타를 더했다.

"그렇다면 노예취급 당하고, 그걸 거절하면 이 연예계에서 매장되는 그런 이야기가 되겠네요. 착한 소정 씨는 어쩌다가 그걸 알게 돼서 고민이 됐고요."

"어, 어떻게 아셨어요? 혹시 이미 알고 계셨나요?"

말하지 않았는데도 귀신같이 잘 맞추는 지우를 본 윤소정은 깜짝 놀라 물었다.

"아뇨. 자주 나오는 클리셰니까요."

영화나, 드라마에서 연예계가 들어가면 꼭 등장하는 내용이다. 무명 연예인, 혹은 아이돌 중에서도 여성일 경우 성 접대를 강요받는다는 걸 말이다.

아니, 굳이 가상의 이야기만은 아닌 것이, 현실에서 이런 일은 종종 일어나곤 했다.

'꼭 이런 일이 터질 줄 알았어. 이 여자는 이런 거 싫어하는 편이니까. 그렇지 않다면 백댄서 시절에 이미…….'

차마 뒷말을 잇지 못하고, 지우는 눈동자만을 굴려 자신의 눈치를 보고 있는 윤소정을 물끄러미 쳐다봤다.

"도와 달라는 건가요?"

"네에……."

그녀는 어깨와 목을 움츠리고 조금 자신 없는 목소리로

대답했다. 같은 소속사도 아니고, 그저 조금 친하다는 이유로 다른 소속사의 아이돌을 도와 달라는 요청이었으니, 자신도 얼마나 염치없는 부탁을 하고 있는지 알고 있었다.

이에 지우는 탁자를 검지와 중지로 툭툭 두들기면서, 눈을 감고 잠시 생각에 잠겼다.

윤소정의 생각대로, 세이렌에 소속된 연예인이라면 모를까 다른 소속사의 아이돌을 돕는 것은 조금 애매한 상황인데다가 아울러 어떠한 이득도 없는 행위다.

만약 엑스라는 여성 아이돌 그룹이 유명하고 인기 있는 그룹이었다면 그걸 도와서 방송계 인맥을 늘리고 아군을 만들기라도 하겠지만, 그것도 아니니 조금 곤란했다.

"미안하지만 바로 확답을 드릴 수는 없겠군요. 이 문제는 꽤 생각을 해 봐야하거든요."

"네……."

* * *

"어이쿠, 대표님. 오셨습니까!"

출입구에서 벌어진 불미스러운 일 때문에, 기분이 그다지 좋아 보이지 않는 정지우를 보고 세이렌의 전 대표 이사이며 현재는 CEO인 박영만이 식은땀을 삘삘 흘리며 굽실거렸다.

그렇지 않아도 과거에 세이렌을 인수할 때, 과한 욕심을 부리는 등 실수를 한 적이 있었다.

그때 주도권을 완벽히 빼앗기기도 하고, 리즈 스멜트의 유력한 후계자인 한소라와 개인적인 친분까지 있는 지우를 거스르고 싶지 않았기에 그 태도는 무척이나 조심스럽고 저자세였다.

"꿇어라. 그것이 대주주와 주주의 눈높이다."

"예?"

"그냥 해 본 말입니다. 예전에 왔을 때 깜빡했는데, 괜찮다면 빠른 시일 내로 사원증 하나 주셨으면 합니다."

"무, 물론입니다. 아니, 굳이 사원증이 필요 없을 정도로 제가 대표님 얼굴을 외우라고 지침을……."

"그렇게까지 할 필요 없습니다. 그것보다, 오늘은 박영만 씨와 나눌 이야기가 있어 이렇게 찾아왔습니다. 시간 좀 됩니까?"

"예, 물론이지요. 어떤 일 때문에 그러십니까?"

박영만은 말만 해 주십쇼, 하고 경청하는 자세를 취했고, 지우는 윤소정과 있었던 일과 상황에 대해서 설명했다.

하지만 이야기를 전해 들으면 들을수록, 박영만의 표정은 돌처럼 딱딱하게 굳어 썩 좋지 않게 일그러졌다.

"혹시 어디 찔리는 것이라도 있습니까?"

그 얼굴을 본 지우도 인상을 일그러뜨리고 물었다.

혹시 세이렌도 성 접대 강요를 하는 건 아니냐는 속뜻이 품어져 있었다.

그 속뜻을 알아챈 박영만이 질겁하면서 손사래를 쳤다.

"연예계의 크고 작은 소속사가 성 접대를 강요하는 건 제법 유명하지만, 저희 세이렌은 결코 그렇지 않습니다. 아무리 힘들어도 그런 것은 제 철학에 위배됩니다."

박영만은 한 번 실패한 경험이 있었다고 해도, 도주한 전 공동 대표가 아니었더라면 대성할 정도의 인재다.

능력도 능력, 경험도 경험이지만 그 무엇보다 박영만은 인성이 훌륭한 인간이었다.

윤소정에게서 세이렌 엔터테인먼트의 상황을 주워들었을 때, 세이렌을 인수하기로 마음먹은 지우는 그에 대해서 간단히 조사한 적이 있었다.

심부름센터는 물론이고, 한소라에게 약간 도움도 받아서 룸살롱 등의 접대를 하러 간 적은 있어도 자사의 소속된 연예인을 팔거나 하지는 않았다.

"함께 일하는 동료이고, 피는 이어지지 않았지만 식구나 마찬가지인 사람들을 어떻게 팔겠습니까?"

'음, 나보다 조금 훌륭한 사람이군. 식구를 소중히 여기는 걸 보니 나와 같은 부류인가 봐.'

지우와 같은 부류로 들먹이는 게 모욕일 정도다.

"이래서 제가 박영만 씨를 좋아합니다. 그렇죠. 우린 함께하는 친구지요."

'전 공동 대표처럼 도망치면 죽여 버리겠다. 한배를 탔으니 내가 망하면 너도 망하는 거다. 조심 하거라.'

결코 검은 속내를 드러내지 않는 지우였다.

"감사합니다."

"하하, 감사할 것까지야 없죠. 그나저나, 아까 표정이 많이 안 좋던데 이런 쪽 이야기를 싫어해서 그런 겁니까? 아니면 무슨 신경 쓰이는 점이라도 있는지요."

"후자입니다."

박영만이 쓴웃음을 지었다.

"그게 뭡니까?"

"그렇지 않아도 대표님께 말씀 드리려고 했는데, 얼마 전에 윤소정 씨를 지목하며 접대하라는 요청이 들어왔었습니다."

"소정 씨는 이에 대해 알고 계십니까?"

"괜히 기분만 상하실 것 같아서 거절했습니다. 윤소정 씨는 가희로서 이미 대한민국 연예계에 화려한 데뷔를 했습니다. 굳이 접대를 할 필요가 없어도, 충분히 잘 나기에 그러실 필요가 없죠. 게다가 말했다시피 제 철학에 위배되는 일이기도 합니다."

무명 연예인들은 대부분 접대 강요를 받아도 거절하지 못한다.

왜냐하면 접대할 대상들이 대부분 스폰서거나, 혹은 방송을 출연시켜주는 대신 이를 조건으로 삼기 때문이었다.

데뷔를 했는데도 인기가 없어, 방송에 출연하지 못하면 아주 특수한 상황을 제외하곤 유명해질 수 없는 것은 물론이고 일 자체를 할 수가 없다.

이 때문에 소속사는 어떻게든 소속 연예인에게 눈 딱 감고 성 접대를 하라고 하며, 미래가 보이지 않는 연예인들은 어쩔 수 없이 승낙한다.

"소정 씨가 실력도 출중하시고, 명성이 있어서 천만다행입니다. 연예계에서는 가끔 접대를 거절했다고 앙심을 품고 복수하는 놈들이 종종 있습니다. 특히 그들이 상당한 지위에 앉아 있다면 연예계 생활에서 빛을 보기가 힘들죠."

"세상에 그런 미친놈들이 정말 있습니까? 다 와전된 거짓말이나 루머가 아니었나요?"

"대표님. 연예계는 대표님께서 생각하시는 것보다 더 질척하고, 우울하고, 어둡습니다. 대중들은 그저 밝은 면만 보고 있을 뿐이지요."

"흐응……박영만 씨. 혹시 접대 강요를 거절하는 것으로 뭔가 피해를 입으신 적이 있습니까?"

지우가 턱을 쓰다듬으며, 눈을 가늘게 뜨고 물었다.

"예전에는 연예계 혹은 방송국 관계자들과 트러블이 제법 있어서 버벅거린 적이 있긴 했습니다. 하지만 윤소정 씨가 들어온 이후로는 괜찮습니다."

압도적인 실력과 명성은, 때로는 그 모든 걸 무마할 정도로의 힘이 된다. 윤소정의 실력이 그랬다.

접대 강요는커녕, 어떻게든 자사 방송에 출연시키려고 노력하는 곳도 제법 많았다.

또한 세이렌의 소속된 다른 연예인들 역시 계속되던 접대 강요가 상당히 줄어들었다.

성 접대를 싫어하는 것으로 알려진 박영만이 이에 기분이 나빠져서 혹시라도 윤소정의 출연을 도중에 취소시킬까 봐 불안했기 때문이었다.

물론 그렇다고 아예 사라진 것은 아니다.

이름만 들어도 알 만한 방송국 관계자나, 유명인들 등이 거들먹거리면서 강요는 아니지만 권유를 하고 있다.

"문제는 없지만 귀찮고 짜증 나긴 하다……그리고 약간의 피해는 있다는 뜻이군요."

남자든 여자든 성적으로 원하는 대상을 손에 넣지 않는다면, 이후 그 태도가 얼마나 비뚤어질지 잘 안다.

그렇지 않은 사람들도 있긴 하지만 대다수는 좋지 않은 쪽으로 빠진다. 분명 어떤 영향을 끼칠 것이라고 생각한 지우는 마음이 편하지 못했다.

"하지만 현실적으로 어떻게 해결 방안을 만들 수 없습니다. 접대를 강요하는 건 한두 명, 아니 한두 단체가 아닙니다. 그들 모두를 한 번에 처리하지 않는 이상 어찌할 수가 없습니다."

"이해했습니다. 조언을 해 주셔서 감사합니다."

"아닙니다, 조언이라뇨!"

박영만이 눈을 휘둥그레 뜨고 깜짝 놀랐다.

'신기한 사람이다.'

대부분 대주주라 하면, 경영권을 가진 사람을 말한다.

그들은 모든 걸 지니고 있기 때문에, 철저한 갑의 위치로서 상당한 프라이드를 유지한다. 그러다 보니 남을 무시하는 편이며, 그 이야기를 듣지 않으려한다.

하지만 지우는 달랐다. 그는 자존심이고 뭐고 간에 무릎을 굽혀서라도 누군가에게 도움을 청하고, 계획을 세운다.

특히 나이가 어렸을 적에 이만큼 성공한다면, 자만심이 생겨 잘못된 길로 빠지기 마련인데 그런 모습은 단 하나도 보이지 않았다. 박영만이 신기하게 생각하는 것도 전혀 이상한 것은 아니다.

"그럼 전 이만 가 보겠습니다. 앞으로도 성 접대 관련으로 이야기가 있다면 말씀 좀 해 주십시오."

"알겠습니다."

* * *

"읍! 읍! 우우읍……!"

어둠 하나 가라앉지 않은, 밝은 대낮.

나쁜 일을 행하기에는 적합하지 않은 시간대에, 서울 한 곳에 위치해 있는 방송사 건물에서 좋지 않은 일이 벌어지고 있었다.

사무실로 추정되는 방 안.

서적이 꽂혀 있는 책장과 더불어, 각종 포스터로 방을 장식하고 있는 공간 안에 한 남자가 의자에 묶여 이러지도 저러지도 못하고 있었다.

테이프로 입까지 봉해져 있어, 혹시 납치라도 당한 게 아닐까 싶은 그는 눈을 부릅뜬 채로 발버둥 쳤다.

"이름, 고영자. 음악 전문 채널인 '케이 뮤직' 소속 PD. 본인 맞지?"

"우우웁! 우웁!"

"너무 격하게 대답하네. 그러다 사례 걸리면 큰일 나. 그렇지 않아도 입 막아둬서 난 네가 혹시라도 자칫 잘못해서 죽을 것 같아 걱정이니까."

고영자의 눈앞에는 딱 봐도 수상적인 인물이 서 있다.

앞을 볼 수 있는 두 눈과, 호흡을 할 수 있는 입을 제외하곤 얼굴을 알아볼 수 없게 무언가를 뒤집어쓰고 있다.

흔히 말하는 강도 복면이다.

복면남이 눈을 가늘게 뜨고 격하게 발버둥 치고 있는 고영자의 어깨를 툭툭 건드리며 말을 이었다.

"도움을 청하고 있는 거라면 포기하는 게 좋아. 문 바깥에 회의 중이니 노크도 하지 말라고 안내문을 걸어놨으니 아무도 오지 않을 거야. 게다가 문도 잠갔거든."

"우우우웁!"

"잠깐, 너무 그렇게 흥분하지 말라고. 딱히 널 죽이러 온 게 아니니까. 이제 내가 너와 대화하기 위해 봉한 입을 잠시 풀어 줄 거야. 부탁이니 소리를 지르는 등 그런 쓸데없는 일은 하지 않는 게 신상에 좋을 거야. 알았지?"

복면남은 최대한 부드러운 목소리로 조곤조곤 말했다.

그 말에 고영자는 두렵지만 순순히 따르겠다는 온순한 눈빛으로 머리를 위아래로 흔들었다.

그 반응에 복면남은 흡족하게 웃으며 고영자의 입을 단단히 틀어막고 있는 테이프를 잡고 단번에 뜯어냈다.

"악!"

테이프의 접착력은 제법 강했는지, 수염까지 죄다 뜯긴 고영자는 자기도 모르게 외마디 비명을 질렀다.

"쉿. 쉿."

복면남은 검지를 입가로 옮기고 고영자을 진정시켰다.

눈물을 찔끔 흘리며, 고영자는 겁먹은 얼굴이 아니라 분노로 가득한 눈동자를 이글거리며 복면남을 노려봤다.

"미친 새끼! 영화를 너무 많이 봤어!"

"목소리 낮추라니까? 그렇지 않으면 나한테 크게 혼나."

"웃기지……웁!"

고영자는 말을 잇지 못했다.

그가 재차 말하기도 전에 복면남이 손을 뻗어 입을 강제적으로 틀어막은 것이다.

'뭐, 뭔 놈의 힘이…….'

아무리 팔과 다리가 밧줄에 묶여 있다곤 하지만, 그래도 고개를 트는 정도는 저항할 수 있을 줄 알았다.

하지만 눈앞에 수수께끼의 복면남은 그것조차 허용하지 않았다. 어떻게 된 영문인지 우악스러운 괴력으로 이빨을 보이지 못하게 할 정도로 입을 콱 닫은 채 고정시켰다.

복면남은 눈을 초승달 모양으로 휘며 차가운 목소리로 협박했다.

"다시 한 번 목소리를 높이는 등 허튼수작을 하려면 팔다리를 부러뜨리고 시작할 거야. 농담이 아니니까 잘 생각해."

"……!"

"그리고 경고하지만, 누가 널 보고 있을 거라는 생각은 버려. 여기엔 감시카메라 하나 없는 지역이니까."

복면남은 엷게 웃으면서 고영자의 입에서 손을 떨어뜨렸다.

"대, 대체 뭐하는 놈이냐?"

고영자는 이제야 상황이 이상하게 돌아가는 걸 깨닫고 떨리는 목소리로 물었다.

복면남은 멀찍이 떨어진 의자를 고영자의 눈앞에 가져와, 거기에 앉고는 머리가 가려운지 옆통수를 긁적였다.

"네놈에 대해서 좀 조사해서 왔다. 듣자 하니 인기 없는 무명 가수들한테 출연을 대가로 성 접대를 강요했다는데. 맞지?"

복면남의 물음에 고영자가 몸을 움찔 떨었다.

"그 일 때문에 찾아온 거고, 나름 조사도 세세하게 했으니 시치미 땔 생각은 하지 않는 게 좋을 거다."

"……."

"질질 끌기 싫으니 용건만 말하지. 연예계에서 너처럼 성 접대 강요하는 놈, 그리고 의뢰까지 한 놈들. 네가 알고 있는 놈들 목록 작성해서 내놔라."

"흥, 이런 짓을 하고도 무사할 줄 알아? 대한민국은 법치 국가야, 법치 국가!"

"우리나라 경찰이 생각보다 유능한 건 나도 알고 있어. 하지만 말이야, 너. 날 어떻게 신고할 생각이야?"

복면남이 머리를 갸웃하고 옆으로 기울였다.

"나도 그걸 각오하고 이런 짓을 하는 거야. 괜히 강도들이 복면을 쓰는 게 아니지. 정체를 들키지 않으려고 이 땀 내나는 걸 썼다고."

복면남이 자신의 복면을 쭉 잡아당기고 씩 웃었다.

"그리고 네가 내 제안을 받아들이지 않을 거라고 생각하고 준비도 여럿 해 왔지."

그는 대체 어디서 가져왔는지 모를 야구 방망이 하나를 꺼내 들었다.

"불지 않는다면 네놈의 팔다리를 모두 부러뜨릴 거야."

낮게 가라앉은 목소리에 공포를 느낀 고영자는 더 이상 장난이 아니라는 걸 깨닫고 몸을 파르르 떨었다.

"하지만……."

복면남은 야구 방망이를 아래로 내려놓고, 주머니를 뒤적거려 무언가를 꺼냈다. 아무런 무늬도, 글도 없는 새하얀 약 통이었다.

"간디께서는 폭력은 나쁘다 하셨지. 나 역시 비폭력주의자야. 자고로 사람을 때리는 것보다 나쁜 것은 없잖아."

복면남은 약 통의 뚜껑을 열고, 그 안에서 알약 하나를 꺼냈다. 딱 봐도 수상적인 냄새가 나는 약으로 보인다.

"그래서 다른 방법으로 널 괴롭히려고."

고영자의 턱을 붙잡고 억지로 연다.

그가 '웁, 우웁!' 하고 괴성을 지르지만 헛수고였다. 복면남의 괴력에는 반항할 수 없었다. 몇 번 발버둥 쳤지만, 그 노력이 무산되고 알약이 식도 너머로 넘어갔다.

"코, 콜록! 콜록! 콜록콜록……!"

약이 넘어가자마자 고영자가 눈물까지 찔끔 흘리며 괴로운 듯이 기침을 했다. 위까지 무언가 내려가는 감각에 불안을 느낀 고영자는 토하려고 헛구역질을 하려 했지만, 소용은 없었다.

복면남은 악귀처럼 소름 끼치는 웃음을 흘리며 약에 대해 친절하게 설명했다.

"지금쯤 남자로서 네 분신의 감각이 싸할 거야. 내가 너한테 먹인 약은 아주 신비로운 약인데, 한 번 들어 볼래?"

"뭐, 뭘 먹인 거야!"

고영자의 안색이 시체마냥 새하얗게 창백해졌다.

"먹고 죽거나 하는 건 아니니까 걱정하지 마. 다만 남자로서의 목숨은 죽은 것이나 마찬가지지. 성기능이 제대로 된 효력을 발휘하지 못한다는 의미야. 알았어?"

"뭐……? 우, 웃기지 마. 그런 약이 이 세상에 어디 있다고!"

성범죄자를 처벌하기 위해 화학적 거세가 있긴 하다.

하지만 그게 알약 하나로 마법같이 이뤄지지는 않다.

“믿기 싫으면 믿지 마. 하지만 내가 가고 며칠 뒤에 자연히 알 수 있게 될 거야.”

복면남은 진정 즐거운 듯이 웃으면서 고영자에게 다가가 그를 묶고 있는 밧줄을 풀어 주었다.

“삼 일 뒤에 네 이름 앞으로 편지 한 통이 올 거야. 거기에 해독약을 동봉했으니 먹어. 그럼 단 하루 동안은 성 기능이 되돌아올 거야.”

“대체 뭔 소리를…….”

고영자는 헛웃음을 내뱉으며 믿을 수 없는 표정을 지었다. 그가 그런 반응을 보이는 것도 전혀 이상한 게 아니다.

세상에 아무리 별별 약이 있다고 해도, 세상에 성 기능을 마음대로 죽이고 마음대로 살리는 약이라니. 그런 게 있다면 의학계는 발칵 뒤집어졌을 것이다.

“농담이 아니라 진담이니까 잘 들어. 지금은 이해하지 못할 거야. 하지만 그때 가면 이해하게 될 거다. 일주일 뒤에 다시 찾아올 테니까 이 방에서 자리를 마련해 둬.”

“그게 뭔……헉!”

고영자는 숨을 들이 쉬며 경악했다.

그야, 눈앞에 있던 사람이 마치 귀신처럼 빛의 알갱이를 남기면서 사라졌기 때문이었다.

*　　　*　　　*

와이즈 맨 타임(Wise man time)

– 구분: 기타, 약

– 상품을 구입해 주셔서 감사합니다.

– 성욕이 귀찮고, 성가시기만 한 분에게 추천 드립니다.

– 복용 시 강제적으로 성 기능을 영구히 잃습니다.

– 영 좋지 않은 곳을 스쳐 고통을 느끼실 필요도 없습니다. 이 약 하나면 모든 걸 깔끔하게 해결해줍니다.

– 혹시 도를 닦거나, 정신을 수련하는데 있어 성욕 때문에 곤란하다면 와이즈 맨 타임과 함께 모든 걸 내려놓으세요. 당신도 이제 마법 고수, 무공 고수가 눈앞에 있습니다.

– 색즉시공공즉시색(色卽是空空卽是色)!

– …….

– 가격: 1,000,000

와이즈 맨 타임, 일명 현자의 시간이라 불리기도 하는 이 상품을 보자마자 감탄이 흘러나왔다.

돈만 충분한다면 우리나라의 성범죄자 모두를 데려와서 입 안에 털어 넣어주고 싶을 정도였다.

참고로 고영자에게 강제적으로 복용시킨 약이 바로 이 와이즈 맨 타임이었다.

'힘들지만, 그래도 해야 할 일이야.'

처음에는 윤소정의 부탁을 들어주려고 움직이려 했다.

하지만 박영만에게 이야기를 듣고 생각이 달라졌다.

세이렌을 위해서라도, 이 천하의 둘도 없는 개새끼들을 하루라도 빨리 처리해야 했다. 그렇지 않으면 연예계에서 자꾸 트러블이 생긴다. 대표 이사로서 그게 얼마나 귀찮은지 나름대로 알고 있기에 직접 나서기로 했다.

'폭력만으로 해결하기는 어렵다.'

원래 처음에는 그냥 무작정 찾아가서 정신이 들 정도로 몽둥이로 후두려 패려 했다.

하지만 폭력만으로는 너무 비효율 적이었다.

하루에 한 번씩 패지 않는 이상, 그 장본인은 정신을 차리지 않는다. 맞지 않는다면 시간이 지나 분노 때문에 성욕이 일그러져 잘못된 방향으로 갈지도 모른다.

만약 그렇게 되다가 터무니없는 일을 내면 곤란하기에, 다른 방법을 찾기로 했다.

일명 강제적으로 고자로 만드는 수법, 바로 화학적 거세였다. 아니, 여기에선 화학적이 아니라 사실은 마법적 거세라고 해야겠지만 말이다.

여하튼, 지우는 정확히 삼 일 뒤에 고영자의 이름으로 있는 우편함에 편지를 해독약과 동봉하여 넣어 두었다.

와이즈 맨 타임의 하위 상품 중에서 일시적으로 하루 동안만 성 기능을 되찾게 해 주는 상품이었다.

그리고 다시 사 일 뒤, 일주일이 되던 째에 고영자를 찾아갔다.

"무엇이든 하겠습니다!"

고영자는 요 일주일 동안 잠도 제대로 못 잤는지 안색이 무척이나 퀭했다. 눈 밑에는 검은 기미가 끼고, 볼을 쑥 들어갔다.

폐인이나 다름없는 얼굴을 한 채로 바닥에 엎드리고 복면남인 지우에게 손바닥을 비비며 애걸복걸했다.

"목록."

손을 내밀고 피식 웃는다.

고영자가 헐레벌떡 뛰어오며 손 위로 열심히 작성한 목록표를 건넸다.

목록을 훑어본 지우는 혀를 내둘렀다. 목록에만 올라온

놈들의 이름이 무려 백 명이었다. 설마 이렇게까지 많을 줄은 상상조차 하지 못한 지우였다.

"고생했다. 나중에 볼일 있으면 또 오마."

목록에 정신이 팔린 지우는 대충 손을 내저어 인사한 뒤 방 바깥으로 나가려했다. 이에 고영자가 식겁하면서 지우의 바짓가랑이에 매달렸다.

"자, 잠깐만요! 해독약은 어디 있습니까? 해독약은요!"

고영자는 다급했다. 요 일주일 동안 경험했던 지옥이 아직도 잊혀 지지 않는다.

맨 처음, 지우가 다녀갔을 때는 약을 먹고 고자가 된다는 걸 바보같이 여겼다. 그리고 복면남을 찾기 위해서 온 노력을 다했다.

하지만 이내 그게 헛수고인 것을 깨달았다.

사무실 밖, 회사 내에 감시카메라 영상을 샅샅이 훑어봤지만 복면을 쓰고 사무실로 들어오는 모습을 찾을 수가 없었다.

당시의 감시카메라가 고장난 것도 아니었는데, 발견되지 않으니 귀신이 곡할 노릇이었다.

이는 지우가 복면을 쓰지 않고, 사각지대를 찾아가며 공간이동 능력 — 텔레포트를 이용하여 피해 다닌 덕분이었다.

사무실 내 역시 텔레포트로 들어갔기에 목격자 하나 남기지 않았다.

그래서 전전긍긍 하고 있었을 때, 지옥 같은 현실이 찾아왔다.

이튿날이 되고 멀쩡히 서던 자신의 분신이 서지 않는다. 아침은 그냥 기분 탓인가 했는데, 전혀 아니었다.

업무 시간에 인터넷을 키고 성인 사이트에 들어가도 전혀 서지 않았다. 이후 퇴근하고 집에 들어갔는데도 이는 마찬가지였다. 미칠 지경이었다.

그리고 복면남이 예언했던 대로 며칠 뒤 해독약이 왔고, 그걸 복용하자 거짓말처럼 성 기능이 되돌아왔다.

그제야 수수께끼의 복면남의 말이 거짓이 아니라는 걸 깨달았다.

'어, 어떻게 한지는 모르겠지만……그 말에 따라야 한다!'

사람은 의외로 의심이 많다.

눈앞에서 믿을 수 없는 일이 벌어져도, 단순히 기분 탓으로 넘긴다. 고영자도 그랬다.

복면남이 눈앞에서 연기처럼 사라지고, 그 흔적 또한 찾아볼 수 없었지만 고영자는 자신이 무언가 환각을 보는 것으로 끝냈다. 거기까지였다.

존재에 대한 의심이 남긴 했지만, 성 기능을 잃어버린 공포 때문에 지우에 대해서 크게 생각하지 않았다.

고영자에게 중요한 건 자신의 분신이었다.

"해독약은 없다."

"예……?"

고영자가 나라 잃은 김구 같은 얼굴로 입을 떡 벌렸다.

그 표정을 본 지우는 푸하하하, 하고 웃음을 터뜨렸다.

"걱정 마라. 네가 5년 동안 누굴 괴롭히지 않고, 성희롱도 하지 않고, 열심히 자기 일에만 충실하고 성실하게 산다면 성 기능은 돌아온다."

"마, 말이나 됩니까 그게!"

고영자는 믿을 수 없다는 태도를 보이며 소리를 꽥 질렀다.

"약 하나로 고자가 됐다가, 안 됐다가 하는 건 그럼 말이 되냐? 네 앞에서 연기처럼 사라지는 것도?"

"……."

그의 물음에 고영자는 말문이 막혀 뭐라 대답하지 못했다.

“농담이 아니니까 잘 들어. 5년 동안 성 접대 등에 관여만 하지 않는다면 넌 다시 되돌아올 수 있을 거야. 그러나 내 말대로 하지 않는다면 넌 영영 심영……아니, 고자로 남겠지.”

“자, 잠깐만요! 얼마면, 얼마면 됩니까? 얼마라도 내겠습니다!”

고영자는 지금의 현실을 믿을 수 없었다.

성 기능을 잃는다니, 그따위 악몽은 사양이다.

어떻게 해서든 이 지옥 같은 현실에 벗어나기 위해서 수단과 방법을 가리지 않기로 했다.

그는 전 재산을 내줄 용의도 있었다.

“어떻게 그럴 수가 있어! 네가 그러고도 인간이야? 응? 인간이냐고!”

그 말에 지우가 걸음을 우뚝 멈췄다.

그리고 망연자실한 얼굴로, 애걸복걸하는 눈빛을 쏘아보고 있는 고영자를 내려다보며 차갑게 쏘아 붙였다.

“너한테 당한 애들도 비슷한 마음이었을 거야.”

“……뭐?”

“미안하지만, 난 정의의 사도가 아니야. 반대로 너와 비슷한 더러운 부류지. 네가 강요한 접대. 그걸 거절한 애들이 너보고 뭐라 했을까?"

"……."

"어떻게 그럴 수 있어! 네가 그러고도 인간이야?"

제9장

방송화류협회
(放送花柳協會)

방송화류협회(放送花柳協會)라는 단체가 있다.

케이 뮤직에서 나름대로 잘 나가는 PD, 고영자가 소속된 단체이다. 이름에도 알 수 있다시피, 방송계에서의 화류를 즐기는 모임이라 해석할 수 있다.

그러나 방송화류협회는 겉으로 들어나지 않고, 가입하는 데도 엄격한 심사와 연줄이 있어야하는 조건이 붙은 특별하고 어두운 모임이다.

이들의 목적은 — 순수하게 꽃을 보러 다니는 것이 아니라, 방송계의 여성 연예인들을 데려와 성 접대를 강요하고 또 이걸 공유하는 데에 있기 때문이었다.

남자로서 성 기능을 잃은 고영자는 지우의 협박에 못 이겨 어쩔 수 없이 목록을 작성해서 건네주었다.

그 목록에는 방송화류협회의 회원들의 이름이 기록되어 있었고, 고영자는 이 비밀스러운 단체에 대해 설명해 줬다.

이야기를 들은 지우는 어이가 없었다.

"정말 할 말을 잃었어. 어디 성매매 업소 가려고 만든 모임도 아니고, 성 접대 강요하려고 모임을 만들었어? 이거 정말 터무니없는 새끼들이네."

약이 아니라 그냥 야구 방망이로 고영자의 불알 두 짝을 터뜨릴까 살짝 고민한 지우였다.

"회원은 약 백 명……많기도 하네."

목록을 훑은 지우는 눈살을 찌푸렸다.

와이즈 맨 타임은 공짜가 아니다. 앱스토어의 상품 치곤 가격이 적게 나가긴 하지만, 그래도 백만 원이었다.

백 명 모두를 협박하려면 백 알, 즉 1억 원이 들어간다.

아무리 필요하다고 해도 백 명이나 되는 개새끼들 때문에 1억을 소모한다는 것이 마음에 들지 않는 것을 넘어서 속이 쓰리고 짜증이 났다.

이에 그는 무슨 좋은 방법이 없을까 하고 다른 궁리를 하며 두뇌를 필사적으로 회전시켰다.

목록을 훑어보고, 연관성을 찾아내면서 고민한다.

그리고 몇 분 정도 계속 쳐다보고 있을까, 신경 쓰이는 점이 눈 안에 들어오기 시작했다.

"……어라?"

- 케이 뮤직 5명
- KCB 7명
- CBM 3명
- SBK 4명
- 기타 방송사, 연예소속사 10명
- 그 외 연예인 8명
- SU 엔터테인먼트 66명

정리해 보니 이렇게 나왔다.

하지만 딱 봐도 눈에 띌 정도로 이상한 점이 있었는데, 바로 SU 엔터테인먼트의 이름이다.

다른 방송사, 소속사, 케이 뮤직 등의 인원은 많아봤자 열 명 안팎인거에 비해서 SU 엔터테인먼트에만 개새끼들이 유난히 밀려 있었다.

'SU 엔터테인먼트……한류 스타 김효준을 포함하여 수많은 연예인이 소속된 대형 회사야. 확실히 대단한 곳이긴 하지만 어떻게 이렇게 많지?'

다시 한 번 머리를 굴려 봐도 이해가 되지 않는다.

방송사의 경우에는 한쪽으로 몰려도 이상함을 느끼지 않을 것이다.

출연을 하느냐, 안 하느냐의 선택권이 방송사에 있으니까 말이다. 도리어 왜 이렇게 적나 싶을 정도였다.

고민을 해도 답이 나오지 않자 지우는 방송화류협회의 회원인 고영자에게 물었다.

"저, 저도 협회에 가입한 지는 별로 되지 않아서 잘 모릅니다. 전 협회 목록만 가져와서 그대로 드린 것뿐이라고요!"

"것 참 도움이 되지 않는구나. 어쩔 수 없지, 다른 소속 중에서 높아 보이는 놈을 찾아가 물어볼 수밖에……."

SU 엔터테인먼트는 딱 봐도 무언가 수상하게 보였다.

어차피 기적의 상품과 더불어, 마법적인 힘을 지닌 지우에게 딱히 거릴 것은 없었지만 그래도 혹시 모르니 그는 조심스럽게 접근하기로 마음먹었다.

"일단 넌 네 밑에 있는 네 명에게 협회 탈퇴하고, 더 이상 접대도 하지 말라고 전해."

"만약에 제 말에도 듣지 않으면 어떻게 하죠?"

"그때는 내가 알아서 나설 테니까 걱정하지 마. 그럼 다신 보지 말자고."

고영자에게 안녕을 고하며, 지우는 대한민국 삼대 방송사를 제일 먼저 찾아가기로 마음먹었다.

*　　　*　　　*

방송계에서 화류를 즐기는 모임.

방송화류협회라 불리며, 이 은밀한 단체에 소속된 인원들만 해도 방송계에서 내로라하는 권력자들이다.

국장 정도 되는 사람은 없지만, 그래도 상당한 영향을 끼치는 인물이 제법 많았는데 이름만 들어도 알법한 MC, 십여 년간 자리를 지킨 뉴스 메인 앵커, 그 외에 PD라거나 가수들 중에서 대선배도 여럿 껴 있었다.

어쨌거나, 문제의 방송화류협회가 요즘 심상치 않다.

소문을 듣고서, 돈을 내고서라도 협회에 가입하고 싶다는 그 방송화류협회다. 그런데 어찌 된 영문인지 협회에 소속된 회원들이 줄줄이 사탕처럼 탈퇴를 하겠다는 의견이 들어왔다.

한 두 사람이라면 모를까, 케이 뮤직을 선두로 하여 삼대 방송사를 비롯하여 SU 엔터테인먼트를 제외하곤 모두 탈퇴하겠다고 말하니 굉장히 이상한 일이었다.

"이상해, 이상해도 너무 이상해……."

방송화류협회를 설립(?)한 회장이자, 국내 최대 규모의 연예소속사의 사장 심성악은 뭐가 그리 불안한지 다리를 떨어대며 짜증이 왈칵 묻어나는 얼굴을 일그러뜨렸다.

"그 인간들이 순순히 협회에서 나올 인물들이 아닌데……."

고수는 고수를 알아본다 하지 않는가(?).

그 말에 맞게, 심성악은 협회에 소속된 회원들이 어떤 인간인지 아주 잘 알고 있었다.

여자를 지독하게 밝힌다. 그 수준은 기혼자이며 이 사실이 사회에 알려지면 모든 걸 잃을 것을 각오한 것을 보면 아주 잘 알 수 있었다.

그런 인간들이 갑작스레 방송화류협회와 더 이상 관여하고 싶지 않다고 나오니 이상하게 느끼는 것도 당연했다.

"확실히 상황이 아주 이상하게 돌아가고 있어."

방금 전의 말은 심성악이 아니었다.

그의 방 끝, 고급 브랜드 정장 구두에 묻은 먼지를 손바닥으로 툭툭 털어 내고 있는 남자의 목소리였다.

남자는 배가 툭 튀어나오고, 살찐 부자 같은 이미지를 보이는 심성악과는 달리 눈에 확 들어오는 미남이었다.

앞머리와 윗머리는 남기고 옆 뒷머리를 짧게 치는 헤어스타일, 일명 머리가 두 부분으로 나뉜다고 해서 불린다는 투블럭에 포마드(Pomade : 머리털에 바르는 반고체의 진득진득한 기름)를 발라 앞과 윗머리를 뒤로 넘겨 정갈한 인상을 풍겼다.

헤어스타일만큼은 사내 냄새가 물씬 풍기긴 했으나, 자세히 보면 미남은 조금 중성적인 느낌이 묻어나 남자답게 잘생기지는 않았다. 그래도 그 미모는 여성과 비교해도 부족하지 않을 정도라서 확실히 대단하긴 했다.

"우리 쪽에서도 협회를 탈퇴하겠다는 놈들이 나왔나?"

미남은 눈을 가늘게 뜨고 심성악에게 물었다.

만약 탈퇴한 인원이 있다면 당장 데려와서 죽여 버리겠다는 듯, 제법 섬뜩한 기운이 눈에서 흐르고 있었다.

"아니, 다행히도 그런 놈들은 아직까지 없네. 다만 이 소식이 알려져서 불안해하고 있는 모양이야."

자신보다 한참이나 어려 보이는 미남이 반말을 하였으나, 심성악은 그다지 신경 쓰지 않고 친절하게 답변했다.

"다른 말로 바꾼다면 우리 빼고 모두 협회에서 모조리 나오겠다는 뜻인가……."

미남은 지금 상황이 마음에 들지 않는 듯, 고운 미간을 좁히며 분노로 들끓는 목소리로 중얼거렸다.

"협회에서 마음대로 빠져나간다는 것이 얼마나 무서운지 보여줘야겠어. 심성악, 탈퇴한 놈들에게 연락해서 협회장의 허가 없이 멋대로 발을 빼면 어떻게 되는지 협박 좀 하지그래?"

"내 그럴 줄 알고 미리 손을 써뒀다."

심성악이 주머니 안에서 스마트폰을 꺼내 바깥에 있는 개인 비서에게 메시지를 보냈다.

그러자 얼마 지나지 않아서 문이 열리며, 초조함과 불안한 안색을 한 중년남이 들어왔다.

"SBK 기획본부장님 아니신가?"

미남이 중년남을 한눈에 알아보고 이죽거렸다.

"만나서 반갑네. 자네가 말했다시피 SBK에서 기획본부를 맡고 있는 본부장, 나회기라 하네."

삼대 방송사에서 기획본부를 총괄하고 있는 직급이라면 정말 높은 직급이다.

SBK 뿐만이 아니라, 방송계 전체에서도 흔히 말하는

'높으신 분' 에 속하는 몇 안 되는 인물에 속했다.

"나획기 본부장께서는 귀하신 몸이니 알아서 모시게. 그를 데려오려고 정말 여러 노력을 했거든."

심성악이 이를 뿌드득 갈았다. 그 모습을 보아하니 나획기를 데려오는 데 정말로 고생 좀 한 모양이었다.

"크, 크흠! 심사장님, 무슨 오해가 있던 모양입니다. 제가 일로 바쁜 나머지……."

나획기는 재빨리 변명을 하려 했지만, 그 말은 심성악의 말에 의하여 이어지지 못했다.

"하긴, 바쁘신 나획기 본부장을 데려오려면 기획한 프로그램에 출연하기로 한 우리 애들을 죄다 하차시켜야지요. 그렇지 않습니까?"

"끄응!"

그 말에 나획기는 이러지도 저러지도 못하고 불편한 기색을 내보였다.

처음 얼굴을 내보일 때 보인 초조함과 불안감의 정체가 바로 이 때문이었다.

확실히 기획본부장의 직급은 높고 대단하다. 하지만 그렇다고 절대적인 것까지는 아니다.

아무리 기획본부장이라 해도, 그가 맡은 프로그램에서

출연진 모두가 빠진다면 그 타격은 조금 아픈 수준으로 끝나지 않는다. 나획기 정도 되는 인물이라도 목이 단번에 날라 갈 정도로 위험한 상황이었다.

"그러니 좋은 말할 때 어떻게 된 상황인지 말하는 것이 좋을 겁니다."

심성악이 위협적인 목소리로 협박했다.

"왜 갑자기 협회에서 탈퇴했는지, 그리고 지금 무슨 상황이 벌어지고 있는지 저에게 하나도 빠짐없이 토해내십시오."

"……."

그러나 그 협박에도 아랑곳하지 않고, 나획기는 심히 고민되는 듯이 눈동자를 이리저리 굴리며 주저하는 모습을 보였다. 그게 답답했는지 심성악이 재차 협박을 가했다.

"기획본부장님! 제가 누군지 알고 이런 배짱을 부리는 겁니까!"

사자를 연상시키는 불호령이 떨어지자마자 나획기는 화들짝 놀랐다. 그리고 울상을 짓고 입을 열었다.

"배짱이 아닙니다. 다만 제 이야기를 듣고 미친 사람 취급을 하며 상황을 악화시킬 것 같아서입니다."

"미친 사람……?"

미남의 얼굴에 이채가 서렸다.

"괜찮으니 썰 좀 풀어보십시오. 그렇지 않아도 미칠 것 같으니까."

심성악이 나획기를 쏘아보며 나지막이 경고했다.

결국 나획기도 포기하며 왜 협회에서 나오게 됐는지 사정을 설명했고, 심성악의 표정은 딱딱하게 굳었다.

"허, 지금 날 깔보는 거요?"

너무 어이가 없었는지, 심성악은 헛웃음을 내뱉었다.

나획기가 말한 사정이라는 건 정말 터무니없었다.

"복면을 쓴 미친놈이 나와서 약을 먹이고 고자로 만들었다. 그리고 착한 일을 하면 다시 분신이 벌떡벌떡 설 것이다. 아무리 방송 기획자라고 해도 드라마를 너무 많이 본 거 아니요?"

"미, 믿기지 않지만 사실입니다! 저 역시 아직까지 꿈인지 생시인지 헷갈리지만, 정말이란 말입니다!"

나획기는 답답한지 가슴까지 두들기며, 억울한 마음을 성토하고 자신의 말에 거짓 하나 없다는 것을 주장했다.

그러나 심성악은 믿을 생각이 한 줌도 보이지 않았다.

"여자에만 미친 줄 알았는데 그것도 아니로군. 아무래도 약이라도 손댄 모양……."

"……사장. 잠깐만 기다려 봐."

마약으로 환각이라도 본 건 아닐까 싶을 때, 여태껏 조용히 지켜보던 미남이 손을 들어 심성악을 제지했다.

이에 심성악은 입을 다물고 의문이 묻어나는 눈길로 미남에게 시선을 돌려 말 대신 '무슨 일이냐?' 라는 말이 내포한 눈빛을 보냈다.

"기획본부장. 그러니까 당신 말대로라면 사무실에서 업무를 보던 도중에 복면 쓴 놈이 귀신처럼 나타났다고?"

"그, 그러네."

아들뻘 되는 미남이 자연스레 말을 놓았지만, 나획기는 이상하게도 그게 건방지거나 하는 느낌은 들지 못했다.

마치 원래부터 그랬던 것 같았다.

"그리고 감시카메라에는 그놈 모습이 하나도 찍히지 않았고."

나획기는 대답 대신 머리를 끄덕였다.

"……흐으응."

미남은 무언가 짐작이 어린 얼굴로 턱을 긁적였다.

그 모습을 본 심성악이 입을 쩍 벌리며 물었다.

"잠깐, 너 설마 이런 미친 소리를 믿는 건 아니겠지? 설마 너도 약이라도 한 거야?"

"설마, 약이라니. 그런 병신 같은 짓 하지 않아."

미남은 피식 웃으며 손을 내저었다.

"다만, 본부장이 말한 게 아주 터무니없는 소리는 아니야."

* * *

"고자가 됐다, 그런 말인가? 고자라니, 아니, 내가 고자라니! 이게 무슨 소리야! 에이잇! 고자라니! 내가, 내가 고자라니! 이건 말도 안 돼!"

"돼!"

만약 소설이었다면, 책 제목을 고자록(鼓子錄)이라 불러도 부족하지 않을 정도로 지우는 두 발로 뛰어다니면서 많은 남자들을 절망의 나락으로 떨어뜨렸다.

물론 그로 인해 양심의 가책 따위는 없었다.

애초에 이들 하나하나가 개인의 욕심을 위해서 권력을 이용해 성 접대를 강요한 개새끼들이다.

"좆을 좆같이 사용하면 좆 되는 법이지!"

일은 잘 돌아가고 있었다.

KCB, CBM, SBK 등의 방송사 같은 경우는 윗대가리들을 고자로 만들고 협박한 덕분에 하위 직원들은 의문과 불만을 가지면서도, 어쩔 수 없이 방송화류협회에서 빠져나가고 더 이상 성 접대를 강요하지 않게 됐다.

성 기능을 영영 되찾을 수 없다는 공포 덕분일까, 문제의 윗대가리들은 두 눈을 부릅뜨고 부하 직원들을 협박하다시피 통제하였다. 그 외에 케이블 방송이나, 연예인 등은 손수 나서서 처리했다.

"후. 이 짓도 쉬지 않고 하려니 힘들어."

땀으로 범벅인 복면을 벗으며, 지우는 한숨을 푹 내쉬었다. 그리고 방송화류협회 목록을 재차 슥 훑어봤다.

"남은 건 최다 회원을 보유하고 있는 SU 엔터테인먼트. 이것만 처리하면 소정 씨가 부탁한 '엑스'의 고민과 더불어 연예계 성 접대가 제법 줄겠지."

자신이 고자로 만든 인원들은 다시 한 번 말하지만 직급이 높은 사람들로 가득했다.

그들이 구 회원들뿐만 아니라, 회사 전체에서 성 접대 강요를 하지 못하게 제재한다면 완전히 없앨 수는 없지만, 그래도 전과는 비교하지 못할 정도로 이 부정부패를 최소화할 수 있을 것이다.

"협회장 이름은 심성악……이름만 봐도 얼마나 악질인지 알 수 있군그래. 당장 내일부터 찾아가 봐야겠……."

우웅
“응?”
악의 소굴로 변질된 SU 엔터테인먼트에 어떻게 침입해야 할지 고민하고 있을 때, 스마트폰이 웅웅 하고 진동이 울렸다. 어플 광고나, 게임 광고, 메시지도 아닌 전화였다.
액정을 확인해 보니 박영만이었다.
“여보세요?”
— 예, 대표님. 박영만입니다. 혹시 통화 가능하십니까?
“괜찮습니다.”
— 아, 예. 다름이 아니고, 이번에 한류 스타로 유명한 김효준이 작년 연말 음악 시상식에서 받은 대상을 기념하여 파티를 주최한다고 합니다. 그리고 김효준이 대표님 이름으로 초대장을 보내서 연락드렸습니다.
“그럼 제 대신 박영만 씨께서 대신 대리로 참석해 주시겠습니까? 요즘은 좀 바빠서요.”
세이렌의 관련으로는 이름만 올려둘 뿐, 지우는 활동할 생각이 없었다.
괜히 경영권을 박영만에게 준 것이 아니다.
물론 지우 자신보다 박영만이 연예계에 대한 경험도 많고, 업무적으로 능력이 뛰어나기 때문에 넘긴 것도 있지만 이런 공석 같은 경우 자신을 대신해서 처리해 달라고 한 의미도 내포되어 있었다.

— 저도 그럴 줄 알고 거절을 했습니다만…….

박영만이 곤란한 목소리로 말꼬리를 흐렸다.

"거절당했습니까?"

— 예, 한 시간이라도 괜찮으니 조금만 시간을 내줬으면 한다고 합니다. 김효준 씨가 대표님의 로드 커피를 예전부터 특히 좋아해서, 꼭 한 번 뵙고 싶다고 하더군요. 그래서 거절하기가 힘듭니다.

"흠."

하루, 아니 반나절도 아니고 딱 한 시간만 시간을 내달라고 하니 거절하기가 힘들었다. 그렇다고 자신이 외국에 있는 것도 아니고, 대외적으로 무슨 일로 바쁜지 알려지지 않았으니 박영만이 곤란해할 만했다.

— 한류 스타 김효준은 명성도 명성이지만, 국내 연예계 활동에서도 굉장한 영향을 끼치고 있습니다. 또한 그가 소속된 SU엔터테인먼트 역시 국내 최대 소속사이기 때문에 어쩌면 무슨 피해가 올지도 모릅니다. 그러니 죄송한 말이지만…….

"알겠습니다. 그 정도 시간이라면 참석하도록 하겠습니

다. 다만 아무래도 제가 이런 자리에 참석하는 것은 처음이고, 또 연예계에 대해서 아주 자세히 모르니 주의할 점 등을 가르쳐 주시겠습니까?"

— 얼마든지 말씀드리겠습니다. 그렇지 않아도 제가 수행원으로 붙어서 함께 참석할 생각이었습니다.

"네, 그럼 일정 좀 메시지로 보내주세요. 근 시일 내에 뵙겠습니다."

박영만과 통화를 끝내자마자, 곧바로 기다렸다는 듯이 메시지가 왔다. 파티는 삼 일 뒤에 강남에 위치한 호텔에서 열린다고 한다.

"연예계에서 힘 좀 쓰게 되니 이런 유명인에게 초대도 받는구나. 감회가 새로운걸."

얼마 전까지만 해도 자신은 일개 평범한 대학생이었다.

군대를 전역하고 생계 때문에 복학을 포기하고, 아르바이트를 하면서 근근이 살아가는 생활고에 찌든 남자.

하지만 지금은 아니다.

대한민국에서 커피 사업으로 대박을 쳤으며, 연예기획사의 대표 이사이기도 하다.

옛날의 자신과 비교하며 감개무량한 지우였다.

제10장

한류 스타, 김효준

호텔의 수준은 보통 몇 성급이라고 해서 등급으로 따진다. 제일 아래인 1성부터 시작하여, 최상급에 속하는 5성급이 존재하는데 5성급의 경우는 국내에서도 몇 없다.

이중에서도 최초로 5성급으로 평가받은 초호화 호텔이 있는데, 바로 세븐 스타(Seven Star)다.

지우는 현재, 한류 스타 김효준이 연말 시상식 대상 기념으로 연 파티 때문에 세븐 스타에 와 있었다.

처음 와 보는 초호화 호텔에 들어오자마자 지우는 촌놈마냥 입을 떡 벌리고 신기한 듯 주변을 둘러봤다.

"과연, 세븐 스타네요. 설마 이런 곳에 올 줄은 상상도 못 했어요. 여기 일박에 수십만 원 정도 나간다면서요?"

동행원인 박영만을 슬쩍 쳐다본 지우가 물었다.

"네, 외국에서 귀빈이 오면 무조건 여기에 숙박하는 곳으로도 유명합니다. 이곳 홀을 빌려 파티를 열 수 있는 건 연예계에서도 몇 없습니다. 김효준이나 되니까 할 수 있는 거죠."

"와, 정말 대단하군요."

지우가 순수하게 감탄했다.

"헌데, 괜찮으십니까?"

멍한 얼굴로 감탄하고 있는 그를 보며 박영만이 목소리를 죽이고 조심스레 물었다.

"뭘요?"

"세븐 스타는 자성(自醒)그룹에 속한 호텔입니다. 대표님께서는 한도공 회장의 손녀분과 아는 사이라서 오기 좀 껄끄러우실 텐데요."

"아! 세븐 스타가 자성그룹 거였군요."

몰랐던 사실을 새로이 듣게 된 지우가 깜짝 놀랐다.

자성그룹은 리즈 스멜트과의 앙숙인 대기업이다.

그럴 것이, 자성그룹의 현 회장이 한도공과 피로 이어진 친누나였기 때문이었다.

알다시피 한도공은 과거, 외국에서 유학 생활을 끝내고 대한민국에서 다시 기업을 운영하려고 할 때 친누나에 의해서 내쫓겼다. 그리고 혼자 힘으로 다시 회사를 세웠고, 그 회사가 바로 지금의 리즈 스멜트였다.

당연히 사이가 좋을 리가 없다.

오랜 시간이 흘렀지만, 한도공의 친누나는 아직까지도 그를 증오하고 있었으며 항상 비난하곤 했다.

또한 서로 중공업 분야가 겹치다보니 오랫동안 경쟁해서 영원한 숙적이 되어 버렸다.

그 덕분에 두 회사에서는 각 회사의 제품이나, 이용 서비스를 사용하지 말라고 공문으로 내려왔을 정도였다.

호텔업 관련으로는 자성 그룹이 리즈 스멜트보다 앞서긴 했지만, 리즈 스멜트의 주요 간부진들은 단 한 번도 세븐스타에 방문한 적이 없었다.

이 증오는 자식들 세대까지 이어져서, 부회장인 한도정을 비롯하여 그 가족들은 자성 그룹 근처에 가는 것조차 피하였다.

이에 지우가 한소라와 연이 있다는 사실을 아는 몇 없는 인물인 박영만이 걱정한 것이다.

"괜찮습니다. 제가 리즈 스멜트 사람도 아닌데 자성 그룹 왔다고 역장을 내겠습니까? 한도공 그 양반과 한소라 씨는 그렇게까지 속이 좁지 않으니 너무 걱정하지 마십시오."

지우는 풋, 하고 웃으며 설마 그러겠냐는 태도를 보였다. 하지만 이는 크나큰 착각이었다.

돌아가신 아버지를 한없이 존경하고 사랑했던 한도공은, 아직까지도 아버지의 기업을 잇지 못한 것이 천추의 한으로 삼고 있어 자성 그룹을 매우 증오하고 있었다.

만약 이 사실을 알게 된다면 아무리 사랑스러운 손녀사위 후보라고 해도 — 아니, 손녀사위가 될 사람이기 때문에 더더욱 화를 참지 못할 것이다.

"후우. 그나저나 몸에 안 맞는 옷을 입으니 숨이 턱턱 막히는군요."

이태리제 맞춤 정장 차림을 한 지우는 눈살을 찌푸리고 답답한 듯이 넥타이 끈을 조정했다.

평소에 후드티나, 혹은 티셔츠와 청바지 등 간편하고 편안한 차림을 하는 그에게 정장은 아직 어색하기만 하다.

"익숙하지 않으셔도 어쩔 수 없습니다. 대표님이나 되는 분께서 아무렇게나 입고 오시면, 그렇지 않은데 나이도 어리시니 우습게 보이실 겁니다."

박영만이 쓰게 웃으며 지우를 다독였다. 그러자 지우는 어쩔 수 없다는 얼굴로 한숨을 푹 내쉬었다.

"저도 알고 있기에 이 빌어먹을 옷을 벗어던지지 못하겠군요. 어차피 한 시간만 있을 테니, 인사만 하고 얼른 집에 가야겠어요."

*　　*　　*

세븐 스타 호텔에 준비된 파티 홀은 그야말로 어마어마했다.

애초에 별 등급을 매기는 기준 중, 5성 심사에 통과하려면 기본적으로 일반적인 연회장이 아니라 대형 연회장이 있어야하니, 당연히 그 수준이 높을 수밖에 없다.

발목까지 깊게 파이는 붉은색 융단 위에는 산해진미가 올라온 원형 식탁이 이곳저곳 자리해 있었고, 곳곳에는 쟁반 위에 술을 올려 둔 웨이터가 돌아다니고 있다.

머리를 살짝 위로 올려 천장을 살피니 투명하게 반짝이는 크리스탈로 장식된 집합등(集合燈) — 샹들리에(chandelier)가 아름다운 빛을 내뿜으며 장식되어 있다.

또한 연예인이 주최한 파티답게, 홀 안에 참석한 손님들은 대부분 연예인이었으며 외모도 화려했다.

'와, 다들 삐까번쩍하네?'

과거의 자신이었다면 이 광경에 자기도 모르게 위축되어 얼굴을 들기가 부끄러웠을 것이다.

하지만 앱스토어의 고객이 된 이후, 그는 님프를 비롯한 요정 등을 통해 인간에서 벗어난 미모를 근접해서 겪었다.

그 덕분에 눈앞에 미남미녀를 보고도 '제법 괜찮은 외모야!' 라고 생각할 뿐 그 이상 신경이 쓰이지 않았다.

남성들은 대부분 연미복 혹은 턱시도나 수트 차림으로 특별한 액세서리 없이 깔끔하고 격식 있는 복장이었다.

여성의 경우는 남성에 비해서 비교적 화려했는데, 기본적으로 어깨와 가슴골을 노출하는 드레스 차림에 더불어 빛을 반사시키는 보석이 달린 액세서리로 치장하였다.

연령의 경우에는 미성년자를 제외하곤 다양하게 분포되어 있었다. 나이대가 어린 편에 속하는 아이돌부터 시작하여, 몇 십 년 차 경력의 배우나 모델, 개그맨 등도 있었다.

또한, 대부분 참석자가 연예인이긴 했지만 그렇지 않은 사람들도 있긴 했다. 주로 각 방송사나 프로그램 진행자 등도 곳곳에 있었다.

그중에는 지우가 몇몇 고자로 만든 인물들도 보였다.

“잠깐, 저 사람 정지우 아니야?”

“세이렌의 대표 이사!”

홀에 도착한 지 아직 십 분도 되지 않았는데, 사람들은 지우를 알아보고 놀란 표정을 지었다.

알다시피 지우는 생각보다 유명한 편에 속했고, 특히 연예계에서의 명성도 있는 편이었다.

세이렌 엔터테인먼트의 공동 대표 중 한 명이 도주했을 때, 그 사건은 당시에 꽤나 시끌벅적했다.

그래도 세이렌은 나름 그럭저럭 잘 나가던 소속사였으며, 이 회사에 소속된 연예인도 은근히 있는 편이었기 때문에 다들 관심이 많았다.

그때는 모든 사람들이 세이렌은 망할 것이라고 생각했지만, 어느 날 수수께끼의 인물이 갑작스레 혜성처럼 등장하여 세이렌을 구하였다.

최근 유명 브랜드 모두를 누르고, 커피 사업을 성공시킨 ‘로드 카페’ 의 대표이며 어린 나이에 성공한 기업인!

또한, 몰락하던 세이렌을 인수한 것도 모자라서 가희로 유명해진 윤소정을 소속시켜 다시 일으켜 세운 남자!

거기에 모자라, 노행 양로원이라는 사회문제가 터진 이후 남들 몰래 선행까지 하여 유명세까지 더한 사람이 바로 눈앞에 이 정지우였다.

"허, 저 신비주의자도 한류 스타의 초대는 거절하기 어려웠던 모양이야."

그리고 또 한 가지 유명한 것이 하나 더 있었는데, 바로 신분 노출을 극도로 삼간다는 것이다.

물론, 연예인이 아닌 이상 대부분 대표 이사나 사장은 공식 석상에서 모습을 잘 보이지 않는다.

간간이 예능 프로그램 소재로 나올 뿐이고, 이들은 주로 뒤쪽에서 기획이나 다른 방송사와의 교류, 신인 발굴이나 연습생 관리 등 조율과 경영 등만 맡는다.

가끔씩 원래 가수나 배우 등 연예인 출신의 경영자가 종종 있어 방송에 노출도 하고 하지만 그렇지 않는다면 원래 모습을 잘 보이지 않기는 한다.

하지만 지우는 그걸 생각해도 극도로 신비주의에 속했다. 회사에 출근 자체를 잘 하지 않으니, 세이렌에 소속된 연예인이나 직원들조차도 지우를 제대로 본 적이 없었다.

그 덕분에 반대로 그 신비주의에 사람들은 관심을 보이곤 했다.

"와, 어리다고 했지만 정말 듣던 대로 어리구나."

"아무리 높게 쳐줘도 스물일곱, 스물여덟밖에 되지 않는 것 같은데. 몇 살인지 정말 궁금하군그래."

사람들에게 그는 청년 기업가로 유명하긴 하지만, 그래도 서른에 가까운 나이 정도라고 생각했다.

하지만 눈앞에서 직접 보니 끽 해봤자 이십 대 중반, 혹은 후반으로밖에 보이지 않았다.

참고로 지우는 나이조차도 제대로 밝혀지지 않았다.

영업이나 경영 등을 하려면 프로필이 있어야 하겠지만, 그 역할을 박영만이 모두 대신하니 알려질 리가 없다.

"저렇게까지 어린 나이에 성공한 걸 보면 머리가 정말 잘 돌아가는 모양이야."

"아아, 저런 걸 보고 타고난 사업가로 부르는 거겠지. 정말 대단한 사람이야."

"정체 노출을 극도로 피하긴 하지만, 그래도 안 보이는 곳에서 선행까지 한 사람이잖아. 확실히 존경할 만해."

지우에 대한 평가는 대부분 호의적이었는데 이게 다 노행 양로원이라는 큰 사건에서 행한 선행 덕분이었다.

물론 그렇지 않은 사람이 존재하기도 했다.

"흥! 딱 봐도 견적이 나오는군. 세간에는 자수성가했다고 알려져 있지만, 분명 부모가 잘나서 지원을 받은 것이 틀림없어."

"어쩌면 단순히 운만 좋았을지도 모르지."

"하, 아무것도 모르는 어린놈 아래에 있을 박영만도 고생 꽤나 하겠어."

"킥킥!"

빛이 있다면 어둠도 있듯이, 호의적인 사람이 있다면 그렇지 않은 사람도 당연히 있다.

아무리 선행 덕분에 좋은 이미지를 구축하였다고 해도, 인간 특유의 질투가 완전하게 사라지는 것이 아니었다.

하기야, 몇 십 년 동안 뼈 빠지게 고생해서 이룩한 것을 고작 몇 년도 되지 않은 애송이가 모두 이뤘으니 질투가 나지 않으면 도리어 이상할 것이다.

"대표님, 신경 쓰지 않으셔도 됩니다. 다들 대표님처럼 그릇이 크지 못한 자들이라 그렇습니다."

박영만은 혹시라도 그가 기분이 상했을지 몰라, 지우의 곁에서 낮은 목소리로 격려했다.

그 말을 들은 지우는 생긋 웃으면서, 걱정하지 말라는 제스처를 취했다.

"저 그렇게까지 속 좁은 인간 아닙니다."

"역시 대표님이십니다!"

"그나저나 방금 욕한 새끼들 다 적어 두세요. 나중에 인

사라도 하려구요."

"……."

속이 좁쌀만 한 걸 넘어 분자 단위는 아닐까 싶은 태도!

만약 이런 자리가 아니었더라면 어떻게 엿을 먹여야 했을까 고민하면서 실행하고도 남을 인간이었다.

"야아, 그 유명한 세이렌의 대표 이사가 아닌가?"

그때, 누군가가 필요 이상으로 반가움을 보이며 다가왔다. 지우의 시선이 목소리의 근원지로 자연스레 돌아갔다.

앞머리가 심히 까지고, 이마가 드넓으며 뿔테 안경을 쓴 중년이었다. 연령을 대충 보니 오십 대 후반은 될 듯했다.

"예, 정지우입니다."

지우가 준비된 멘트를 자신 있게 꺼냈다. 물론 그래 봤자 이름을 말하는 것밖에 없다.

"만나서 반갑네, 버캐니어 엔터테인먼트의 CEO 김정훈이요."

김정훈이 선홍빛 잇몸을 보이며 악수를 건넸다.

지우는 김정훈의 손을 마주 잡고, 한 차례 흔든 뒤에 뒤에서 대기하고 있던 박영만에게 다가가 속삭였다.

"초면인데 예의 없게 반말하는 꼬라지를 보니 이놈이 그 개새끼 맞죠?"

"대, 대표님. 다 듣겠습니다."

박영만이 식겁했다.

세븐 스타에 오기 전, 지우는 박영만에게 주의할 인물 등에 대해서 간단하게 브리핑을 받았었다.

그중 한 명이 바로 김정훈이었다.

"버캐니어는 SU 만큼은 아니지만 우리나라에서 손꼽히는 대형 연예소속사 중 하나입니다. 그리고 세이렌, 아니 정확히는 대표님께서 제일 유의하셔야 할 분입니다."

"인상을 보면 좀 유순하게 생겼는데요?"

"윤소정 씨가 백댄서로 있던 소속사가 바로 이 버캐니어 엔터테인먼트입니다. 김정훈 사장은 이 일 때문에 우리가 열심히 키워둔 인재를 데려갔다며 저희와 약간의 마찰이 있었습니다."

"저런 놈이 얼굴만 멀쩡한 전형적인 사이코패스지!"

알다시피 윤소정은 십 년 동안 만년 연습생, 그리고 백댄서로 지냈다. 그 전 소속사가 바로 버캐니어다.

당시, 윤소정이 홍대에서 님프의 트레이닝 끝에 아우라

를 깨닫고 노래를 불러 가희로 알려지고 버캐니어는 그야말로 난리가 났다.

애물단지라고 생각했던 인물이 계약 기간이 끝나자마자 툭 하고 튀어나와 하루 만에 스타가 됐으니 말이다.

그래서 재빨리 찾아가서 재계약하자고 했지만, 이미 지우에게 투자를 받고 계약해 버린 윤소정은 이를 고민도 하지 않고 거절했다.

버캐니어는 이후에도 포기하지 않고 몇 번이나 그녀를 찾아가서 의리다 뭐다, 돈을 많이 얹어 주겠다하면서 유혹했지만 워낙 완고하여 결국 포기할 수밖에 없었다.

이 사건 이후로, 김정훈은 황금알을 낳는 거위를 빼앗긴 것 같은 기분에 사로잡혀 배가 아파 참을 수 없었다.

그렇지 않아도 이 일 때문에 주주들한테 경영 능력까지 의심을 받아서, 그의 입장에선 아주 곤혹스러웠다.

그녀를 데려간 세이렌과 정지우 본인에게 악감정을 가지는 것도 이상한 일은 아니었다.

"자네에 대한 소문은 많이 들었네. 예전부터 한 번 보고 싶었어."

김정훈이 푸근한 웃음을 흘렸다.

인상만큼은 옆집 아저씨마냥 정말 편안했다.

"그래요. 전 딱히 만나고 싶을 마음이 없었습니다. 그러니 다음부터 안 봤으면 합니다."

지우가 심드렁한 어조로 무뚝뚝하게 답했다.

옆에서 노심초사하던 박영만은 뜨악하며 경악했고, 김정훈의 얼굴은 참혹하게 일그러졌다.

주변에서도 헉! 하고 숨을 들이쉬는 사람들이 모습을 보였다.

버캐니어 엔터테인먼트는 SU 엔터테인먼트만큼은 아니지만, 그래도 연예계와 방송계 통틀어서 영향력이 상당히 크다. 소문에 의하면 정치계에도 인맥이 있다 한다.

그런 거물 앞에서 툭 까놓고 저런 말을 하니, 놀라지 않으면 그게 더 이상하다.

"내가 아무래도 요새 귀가 어두워서 잘못 들었나 싶은데……."

김정훈이 몸을 파르르 떨며 중얼거렸다.

그런 김정훈을 보고 지우는 피식 웃더니, 여전히 무뚝뚝한 어조로 말했다.

"툭 까놓고 말해서, 김정훈 사장님을 비롯하여 그쪽 회사 연예인이 저희 쪽에 시비 좀 걸었다고 들었습니다. 그쪽이 그렇게 나오는데 저는 좋은 태도를 보일 수 없죠."

"뭐, 뭐?"

김정훈은 지금 이 상황을 결코 용인할 수 없었다.

아들뻘도 되지 않는 애송이가 감히 자신의 앞에서 저런 말을 하는 걸 보고 화를 참을 수가 없었다.

게다가 김정훈에게 있어 눈앞에 이 건방지고 미친 것 같은 애송이는, 자신이 애써 키운 가희를 데려간 강도다.

그렇지 않아도 지우에 대해서 감정은 악의로 가득 차있으니, 지우가 이렇게 나오자 눈이 시뻘겋게 충혈됐다.

하지만 정작 그 장본인은 김정훈이 화를 내건, 어떤 사람이건 전혀 아랑곳하지 않고 자기 할 말을 계속했다.

"또 하나, 당신은 무언가 착각을 하고 계신 것 같군요. 확실히 윤소정 씨가 노래나 댄스 등의 기본 능력을 프로듀싱한 것은 김정훈 사장님과 버니캐어입니다. 하지만, 그녀에게 스타성을 부여하고, 데뷔를 시켜 가희로 대박을 내게 만든 건 당신이 아니라 저입니다. 제 프로듀싱 덕분입니다."

정확히 말하면 아우라를 개화시킨 님프이다.

하지만, 윤소정에게 투자하기로 마음먹고 그녀에게 님프를 붙여줬으며 데뷔까지 모든 기획까지 해 준 것은 다름 아닌 자신이었다.

그에 대한 노력과 돈이 제법 들었기 때문에, 지우는 결코 그 공을 김정훈에게 넘기고 싶지 않았다.

"그러니까, 윤소정 씨가 가희로 성공한 건 단순히 운 때문이 아니라는 겁니다. 그녀의 노력과 더불어, 제 프로듀싱이 성공한 덕분이죠. 알겠으면 순순히 인정하시고 시비 좀 그만 거십시오."

아우라를 살짝 끌어올려, 위압감까지 뿜내는 지우였다.

그 심상치 않은 분위기에 압도됐는지, 김정훈은 별다른 반박을 하지 못했다.

"이이이익!"

하지만 기세에 밀렸을 뿐, 그렇다고 분노까지 사그라진 것은 아니었다.

김정훈은 목에 핏대를 세우고 충혈된 눈으로 그를 죽일 듯이 노려봤다. 말리지 않는다면 당장 싸움이 일어나도 이상하지 않는 상황이었다.

'저거 말려야 하는 거 아니야?'

'초대된 사람만 올 수 있는 파티여서 다행이지……그렇지 않았다면 기자들이 초고속으로 속보를 때렸을 거야.'

'흥, 저 천둥벌거숭이 같은 놈. 꼴에 잘 나간다고 아주 우리를 물로 보는 거 아니야?'

폭풍전야와도 같은 상황에 아무도 입을 열지는 않았지만, 다들 흥미 깊은 눈으로 그 광경을 쳐다봤다.

그리고 각자 다양한 생각을 하면서 파티가 끝난 뒤 돌아가면 소속사에 풀 가십거리를 생각하였다.

짝!

폭풍이 불었다. 아니, 정확히는 손뼉을 치는 소리였다.

모두의 시선이 일제히 소리의 근원지로 향했다.

“잠깐, 두 분 다 진정하십시오. 예전부터 사이가 좋지 않다는 것은 소문으로 듣긴 했지만, 오늘은 절 축하해 주기 위한 파티가 아닙니까?”

미성(美聲)과 함께 등장한 건 오늘 파티의 주인공이자 주최자이기도 한 김효준이었다.

‘저 남자가 방송에서만 본 김효준인가…….’

김효준을 본 지우는 살짝 놀란 표정을 지었다.

방송 매체를 통해서 봤을 때는 잘 몰랐지만, 이렇게 직접 보니 과연 괜히 한류 스타라는 이름이 붙은 것이 아니라 절로 생각하게 됐다.

오늘 참석한 남자 연예인들 중에서도 그 미모는 눈이 부시며, 중성적인 외모와 함께 더불어 미녀들도 부러워할 만큼 아름답기도 하였다.

또한 미모도 미모지만, 지우가 특히 놀란 것은 김효준 본인에게서 흐르는 특유의 분위기였다.

'이 사람도 알파가 아닌 베타의 아우라를 가지고 있어. 소정 씨처럼 강제적으로 열린 것이 아니라 타고난 거겠지.'

아우라라는 것은 말 그대로 사람들이 천성적으로 지니고 있는 특유의 분위기이자 기운이다.

사람들은 보통 그걸 카리스마라 불리기도 하며, 주로 사람 위에 올라서서 지휘하는 리더들이 지니고 있다.

그리고 님프의 말에 의하면 특히 많은 대중에게 사랑받고, 따르게 되는 직업인 연예인 중에서 베타 정도의 아우라를 지닌 사람이 여럿 있다는데 김효준이 그중 하나일 것이라 생각됐다.

'잘생긴 외모, 타고난 가창력, 많은 사람들을 감동시키는 인성, 더불어 학력까지 제법 높다는데……그야말로 타고난 천재이자 잘난 인간이로구나.'

김효준에게 초대를 받았기 때문에, 세븐 스타에 오기 전 박영만에게서 그에 대해서 여러 이야기를 들었다.

한류 스타라 불리며 대한민국 연예계의 거물이기도 한 김효준은 정말 누가 봐도 완벽한 남자였다.

외모는 보면 알 수 있고, '튜브'를 통해서 검증된 가창력과 댄스. 게다가 대박을 친 음악을 작사 작곡한 것도 김효준 본인이라 한다.

그뿐만이 아니라 몇 억씩 기부를 했을 뿐만 아니라, 팬 서비스도 상당해서 많은 사람들에게 사랑받는다 한다.

대학 또한 나름 잘 나가는 일류를 나왔을 뿐만 아니라 세간에는 연예계에서도 후배를 잘 챙겨주고 선배에게 깍듯한 예의를 보이는 등 인성까지 좋다고 알려져 있다.

"자자, 어서 두 사람 다 서로 악수 한 번 하시고 화해하십시오. 설마 절 이렇게 마음 아프게 하실 건 아니시죠?"

김효준은 생긋 웃으며 서로 죽일 듯이 노려보고 있는 두 사람의 손을 억지로 이끌어서 악수시켰다.

'어쩔 수 없지.'

생각해 보면 지우 자신도 잘한 것은 없었다.

아무리 김정훈이 자신을 마음에 들어 하지 않고, 은근슬쩍 말을 놓고 시비를 걸어와서 열이 받긴 했지만 축하해 주고 즐겁게 놀 목적인 파티에서 싸우는 건 올바르지 않다.

지우도 그걸 인정하고 있기 때문에 더 이상 뭐라 하지 않고 말없이 악수를 했다.

"끙. 자네가 그렇게까지 말한다면 어쩔 수 없지."

김정훈은 어쩔 수 없다는 듯, 마음에 들지 않지만 웃음을 억지로 쥐어 짜냈다.

“파티에 참석해 주신 귀빈들께 죄송하다는 말씀드립니다. 이제 모두 일이 해결했으니, 다들 다시 파티를 즐기십시오!”

김효준은 참석자들에게 머리를 숙여 인사한 뒤, 어느 순간부터 연주를 멈춘 악단(樂團)에게 신호를 줬다.

그러자 악단은 기다렸다는 듯이 조용하고 맑은 선율을 연주하였고, 참석자들은 방금 전 일에 대해서 목소리를 줄이고 수군거렸다.

“그럼 김정훈 사장님. 죄송한 말씀이지만 잠시 정지우 대표님을 빌려가도 되겠습니까? 애석하게도 일 때문에 바쁘신 대표님을 억지로 부른 것은 저인지라…….”

김효준은 누가 봐도 기분이 좋아질 정도로, 훈훈한 웃음을 흘리며 격식 있는 어조로 말했다.

그러자 김정훈은 못 이기는 척하고, 어쩔 수 없다는 얼굴로 머리를 위아래로 흔들었다.

“흥, 자네가 그렇게까지 부탁한다면야…….”

김정훈은 불쾌감이 잔뜩 묻어나는 눈길로 지우를 한 번 째려보곤, 그대로 몸을 돌려 뚜벅뚜벅 걸어갔다.

그 뒷모습을 보면서 김효준은 혀를 쯧쯧 하고 찼다.

"쓸데없이 자존심만 강한 저런 부류는 참으로 구역질이 나. 언제 날 한 번 잡아서 죽여 버려야겠어."

"……?"

그 중얼거림을 들은 지우는 머리를 갸웃했다.

김효준이 한 말 때문이 아니다.

방금 전까지만 해도 듣기 좋았던 선량함이 묻어나는 목소리가, 노이즈라도 낀 듯 불쾌하게 변했다.

"잠깐, 당신……."

두근. 두근. 두근

심장이 뛴다. 거세게 뛴다.

머릿속에 새빨간 경고등이 울린다.

과거의 기억이 머릿속에서 파노라마처럼 펼쳐졌다.

"김오주우우우운—! 가아앙태애애구우우우—!"

죽기 직전, 끔찍한 목소리로 비명을 지르던 양추선.

그 목소리가 생생하다고 느껴질 정도로 울려 퍼진다.

'김오준? 김오준……김효준! 설마!'

설마하면 그 설마가 진짜인 법이다.

"너에 대해 묻고 싶은 게 아주 많아."

김효준의 눈이 가늘어졌다.

그 안에서 시커먼 어둠을 품은 괴물이 입을 쩍 벌렸다.

"양추선을 살해한 너에게 직접."

제11장

일곱 개의 별 아래 벌어진 폭풍

덜그럭

차가운 얼음이 세 개나 들어간 술잔.

영롱하고 아름답게 빛나는 황금색 액체가 출렁인다.

그 향을 맡아보면 바닐라, 설탕에 절인 과일, 향료 등 여러 향기가 완벽한 조화를 이룬다.

양주 애호가들에게 꿈의 술이라 불리기도 하며, 없어서 못 구한다고 하여 값비싼 최고급 양주로 알려진 리샤르 에네시(Richard Hennessy)다.

"한 잔 들도록 해. 자고로 술이란 건 사람과 사람이 친해지는데 있어서 최고지."

김효준이 옅게 웃으면서 술잔을 건넨다. 지우는 눈살을 찡그리곤, 고개를 좌우로 절레절레 흔들었다.

"미안하지만 대학생 때 좋지 않은 기억 때문에 술에는 별로 취미가 없다."

"이런, 사회생활 어떻게 하려고?"

비장의 수로 남겨둔 술이 거절당하자, 김효준은 혀를 차면서 어이없는 표정을 지었다.

"내가 대표 이사니까 상관없어. 먹지 않으면 그만이다."

한마디도 지지 않는 반응을 보이며 지우가 거절했다.

"흠. 하긴 그것도 그렇군. 하지만 술의 맛을 모른다니, 참으로 안타까워!"

"양추선도 그렇고, 당신도 그렇고 술을 정말 좋아하네."

"아아, 확실히 그녀는 와인 애호가였지. 하지만 나에게 와인은 잘 맞지 않아서 말이야. 취미 공유는 하지 못했어."

김효준은 창문 바깥에 펼쳐진 서울 야경을 감상하며 중얼거리듯이 답했다.

"……."

파티는 아직 끝나지 않았다. 아래쪽 파티 홀 층에서는 주인공이 빠졌는데도 알아서 웃고 떠들며 놀고 있었다.

두 사람은 잠시 조용한 곳에 가서 대화를 하겠다며, 위층에 미리 준비되어 있던 특실로 자리를 옮겼다.

"혹시 오해할까 봐 말하는 건데, 널 이리로 부른 것은 딱히 동맹 관계였던 양추선의 죽음에 대한 복수 때문이 아니야. 확실히 그녀와는 이득 관계로 인해 손을 잡긴 했지만, 일 년에 한 번 만날까 말까한 사이였거든."

심드렁한 어조를 들어 보니 확실히 그 말은 거짓이 아닌 듯했다. 그는 양추선의 죽음에 어떠한 슬픔도 분노도 느끼지 않고 있었다.

"너도 양추선을 봤다시피, 그년은 여러모로 머리가 맛간 년이라 솔직히 개인적으로 상대하고 싶지 않았어. 특히 얼굴이 반반한 여자만 보면 죽여 대는 걸 보고 어이가 없었지. 그런 미친년과 만나기엔 아무래도 껄끄럽잖아?"

'예상대로 사이가 별로 좋지는 않았군. 그나저나, 양추선 그년 생각보다 많이 돌았구나. 역시 죽이기 잘했어.'

그의 가늘어진 눈매에서 섬뜩한 빛이 뿜어져 나왔다.

한쪽에 자리 잡은 소파에 앉아, 아무렇지 않은 얼굴로 여유를 부리고 있는 지우였지만 그 속내는 전혀 아니었다.

두뇌가 탈 정도로 풀가동하며, 많은 생각을 하고 있었다.

'첫째, 대한민국 고객의 동맹 관계는 생각보다 좋지는 않다. 둘째, 특히 양추선은 미친년이라 김효준이나 강태구와 사이가 안 좋은 것 같다. 셋째, 놈이 나에 대해 알고 있다.'

첫 번째나 두 번째는 그렇다 쳐도, 제일 신경이 쓰이는 건 역시 마지막이다.

당연하지만, 이번 초대는 결코 우연이 아니다. 자신에 대해서 알고 있기 때문에 보낸 초대이다.

'어차피 언젠가 알게 될 사실이었어. 게다가 최근에 방송에도 노출하고 여러모로 시선 좀 끌었으니 조사당할 만하지. 아마 로드 카페에 방문하여 고객을 봤거나, 또는 앱스토어 정보를 구입해서 나에 대해 알아봤을지도.'

한류 스타 정도 되는 인물이라면 돈은 상당할 것이니 백억가량의 상품을 지니고 있을지도 모른다.

그렇다면 등급 조정을 받고 충분히 돈을 주고 정보를 구입할 만한 능력은 될 터.

'불리한 건 나다. 긴장의 끈을 놓으면 안 돼.'

언제든지 싸울 준비를 하는 지우였다.

"보아하니 나에 대해 자세히 아는 것은 없는 눈치인데, 그렇다면 궁금한 게 제법 있겠지. 그럼 특별히 널 위해서 몇 가지 얘기를 해 줄까."

김효준은 술을 한 모금 마신 뒤, 입을 열었다.

"난 부부싸움이 끊이지 않던 가정에서 태어났어. 어렸을 적부터, 학생 때까지 내내 계속됐지. 나는 그게 너무 싫어서, 항상 싸구려 이어폰을 귀에 꽂고 음악을 들며 잠이 들었는데, 그게 너무 좋은 거야."

그는 아직도 그때의 기억이 생생하게 난다는 듯, 회상에 잠긴 얼굴로 피식 웃었다.

"그러다 보니 자연히 음악에도 관심이 많아지고, 노래를 부르거나 기타를 치는 등의 가수로 꿈을 꾸게 됐지. 그러다가 성인 때 집에 나와서 오디션도 보고, 아르바이트로 생활비도 벌면서 열심히 음악에 매진했다. 이후 내가 어떻게 됐을까?"

"……."

김효준의 물음에 지우는 답변하지 않았다.

그저 그를 똑바로 쳐다볼 뿐이었다.

"영화에 나오는 주인공처럼, 우연찮게 내가 천재였고 스카웃을 받아 데뷔했다면 좋았겠지. 하지만 그건 어디까지나 영화의 이야기. 나에게 그런 일 따윈 없었다."

김효준이 냉랭한 얼굴로 말했다.

"오디션을 봐도 '그냥 그러네.' 라는 등의 이유만으로 죄다 떨어졌지. 그래서 난 세이렌에 있는 윤소정이 참으로 마음에 들더라고. 부모를 만난 운은 좀 다르긴 하지만, 그래도 나랑 비슷한 점이 많았거든.”

김효준이 씩 하고 기분 나쁘게 웃었다.

“그렇게 이리저리 엎치락뒤치락 살며, 길거리 공연을 하던 중에 정말 운 좋게도 길거리 캐스팅을 받게 됐지.”

그날은 결코 잊을 수 없는 날이었다.

기타 줄을 튕기며, 열심히 노래를 부르고 집으로 돌아가려 하는 순간이었다.

그날, 우연히 홍대에서 밥을 먹고 돌아가던 한 소속사 프로듀서에게 눈에 띄어 그 자리에서 길거리 캐스팅을 받았다. 당시 김효준은 정말 날아갈 것만큼 기분이 좋았다.

드디어 자신의 노력이 보상받는다며, 꿈에도 그리던 가수로 데뷔할 수 있다고 행복해했다.

이후의 행보는 윤소정처럼 다른 연습생과 비슷했다.

소속사 연습생으로 들어가고, 하루하루 땀을 흘리면서 성대가 찢어지도록 연습하고 또 연습했다. 어떻게든 꿈을 위해서 가수로 데뷔하려고 헌신을 다했다.

하지만, 현실은 생각보다 냉혹한 법이다.

길거리 캐스팅은 정말 우연에 불과했다.

김효준은 당시에 그럭저럭 준수하게 생긴 편이었고, 키

도 위너라 부를 만큼 제법 큰 편이었다. 노래도 괜찮게 부르고 연주 실력도 나쁘지는 않다.

하지만 그뿐이다. 아무래도 가수로 데뷔할 만큼 빛나지는 않았다. 가창력도 아주 대단한 건 아니었다.

"슬슬 나도 지쳐가고, 소속사에서도 나에 건 기대가 무너질 때였을까. 언제나처럼 연습하고 있을 때, 소속사 사장이 찾아와선 이렇게 물었지. '너, 데뷔를 한다면 무슨 짓이라도 할 수 있냐?' 하고."

과거의 추억을 회상하고 있던 얼굴이 일그러진다.

눈동자에는 살의가 불타오르고, 온몸에 풍기던 여유롭고 부드러운 것이 사납게 변했다.

"보아하니 윤소정은 당시 접대를 거부한 것 같더군그래. 그게 나와 다른 점이지. 나는 그걸 받아들였으니까."

그 목소리는 차갑게 불타오르고 있었다.

"네가 아는지 모르겠지만, 성 접대를 강요받는 건 여자들뿐만이 아니야. 남자 역시 마찬가지고, 그 숫자는 의외로 많아. 그중 한 명이 나였어."

이후, 김효준은 스폰서의 도움을 통해 데뷔한다.

방송에서 몇 번 출연한 적이 있긴 했다.

하지만 그 결과는 그다지 좋지 못했다.

스폰서의 도움으로 방송에도 출연하고, 음반도 발매했지만 거기까지였다. 얼굴이 잘생기고 기타 좀 치고, 그럭저럭 노래를 부르는 편인 가수로 잠깐 기억됐을 뿐 얼마 지나지 않아 그 명성조차도 사라졌다.

또한 음반을 내기는 했지만, 그 결과도 암담했을 정도였다. 이 덕분에 스폰서에게 지원도 끊기게 됐고, 결국 그는 아무것도 아닌 사람이 됐다.

"스폰을 더 해 달라고? 어머, 너 아직도 정신을 못 차렸구나?"

"이봐, 솔직히 너에게 지원을 한 건 너랑 좀 자기 위해서였어. 그 이상 그 이하도 아니야! 주제 파악 좀 해!"

"깔깔깔! 솔직히 너 같은 애들은 널리고 널렸어! 설마하니 이상한 기대는 한 건 아니겠지?"

한류 스타, 김효준.

지금은 누구나 아는 유명인이 되었지만 그 과거는 더러울 정도로 얼룩져 있다.

"……난 네가 어떤 삶을 살아왔는지 딱히 궁금해하지 않

아. 그래도 양추선은 죽기 전에 살려달라며, 불행했던 삶을 구절구절 읊으며 동정표를 던졌는데……설마 너도 그런 건 아니겠지?"

지우는 뚱한 얼굴로 물었다.

확실히 딱하고 암울한 과거이긴 하지만, 거기까지다.

그는 그 얘기에 동정도 하지 않고, 공감도 하지 않는다.

"하하, 너무 성급한데. 아까 말했다시피, 난 양추선의 복수를 하려는 것도 아니고 너에 대해 특별히 적대시하는 감정도 존재하지 않아. 이건 거짓말이 아니니 앱스토어에 그에 관련된 상품을 사서 확인해도 좋다고."

김효준이 넉살스레 웃으며 호언장담했다.

"하지만 이걸로 하나 알게 됐어. 그 미친년도 내 얘기에는 동정했는데, 너는 쥐뿔도 통하지 않는군. 참으로 안타까워. 이걸로 자연스레 동맹을 체결하려 했는데."

왼손에 쥔 빈 술잔에 술을 따르며, 김효준이 아쉬운 표정을 지었다.

"원래 나한테 감성팔이는 잘 안 통해."

무심한 얼굴로 김효준에게 말하면서도, 생각을 멈추지 않았다.

'꺼내기 싫은 과거사까지 동정표로 삼아 이용하는 남자

다. 특히 성 접대 같은 경우는 남성 역시 악몽 같은 기억인데……쉽게 볼 수 없는 놈이다.'

대화하면서 긴장의 끈을 더더욱 놓을 수 없었다.

"어쨌거나, 그런 암울한 과거 이후에 우연찮게 앱스토어를 접하게 됐다. 그 이후에는 안 봐도 뻔한 스토리지. 나에게 유리하고, 또 원하는 상품을 구입해서 이 자리까지 올랐고 여러 가지 일을 겪으며 동맹의 인원들과 만났다."

'이놈이 튜브를 통해서 인기를 끌기 시작한 건 대략적으로 3년 전이다. 그렇다면 앱스토어에 접한 지도 그쯤 되니, 양추선과 연차는 비슷하고…….'

지우는 김효준의 말을 단 하나도 놓지 않고, 머릿속에 구겨 넣고 머리를 굴려 그에 대한 정보를 수집했다.

"이걸로 아까부터 굴려대는 머리로 대충 상황을 파악했을 거다. 내가 널 찾아온 건 말했다시피 나쁜 이유가 있어서가 아니다. 단도직입적으로 말하지. '동맹'에 들어와라."

"동맹이라 하면……."

"그래. 이쪽에서 선의로 공개하자면 동맹 인원은 원래 양추선까지 포함하여 셋이었지만, 네가 살해하여 이제 둘이다. 대한민국에 남은 고객 중에서 확인된 건 네가 감옥에 처넣은 사이비 교주, 그리고 너와 나. 마지막으로 다른 한 사람인 강태구다.”

“…….”

동맹.

예전에 양추선에게도 받았던 제의다.

단, 양추선의 경우에는 그녀가 동맹의 다른 고객들에게 알력 다툼에서 승리하기 위해 지우가 자신의 밑으로 들어오기를 원했다. 수평적인 관계가 아니라, 수직이었다.

하지만 김효준의 제의 같은 경우는 상하관계가 아니라 서로 협력하는 수평 관계다. 즉, 김효준은 이렇게 봐도 자신을 나름대로 위험한 인물로 평가하고 있다는 뜻이다.

물론 이건 어디까지나 추측일 뿐이다. 마음속을 들여다보는 상품이 있지 않는 이상 김효준이 무슨 생각을 하고 있는지는 알 수 없었다.

“제의를 받아들이면, 동맹이나 앱스토어에 대해서 내가 궁금해하고 있는 정보를 공개할 건가?”

지우의 물음에 김효준은 말이 필요 없다는 듯, 당연하다는 얼굴로 고개를 주억거렸다.

“……흠.”

지우는 주먹을 쥐락펴락하며, 잠시 생각에 잠긴 모습을 보였다. 그걸 본 김효준이 다시 술잔에 황금색으로 빛나는 액체를 따른다.

"고민된다면 많지는 않지만, 시간을 줄 수도 있어. 너한테 나쁘지 않은 제안이다."

"……신경 써 줘서 고맙군. 하지만, 그 전에 너한테 신경 쓰이는 것이 있다."

"신경 쓰이는 것?"

"단도직입적으로 묻지. '방송화류협회'. 네가 만들었나?"

고영자가 넘겨준 방송화류협회 명단에는 김효준의 이름은 없었다. 그렇기에 거리낌 없이 초대에 응했었다.

또한, 그가 초대한 파티에 가면 손쉽게 심성악을 만날 수 있을 거라 생각했다.

그래서 운만 좋다면, 단번에 SU 엔터테인먼트의 우두머리를 처치하고 이번 사태를 해결할 수 있을지 모른다는 가능성을 품고 참석했다.

"아니, 방송화류협회는 내가 데뷔하기도 전부터 있었던 모임이다. 애초에 내가 끼어들기도 전에 있었어."

"……그런가."

한류 스타인 김효준이 합류하기도 전부터 SU 엔터테인먼트는 이미 수많은 연예인을 데리고 있는 대형기획사였다. 유구한 역사도 역사지만, 세계적으로도 많은 음반과 드라마 등 문화 사업을 성공시켰다.

만약 SU 엔터테인먼트가 한 방송사에 앙심을 품고, 소속된 연예인들을 일체 거기에 출연시키지 않으며 그 외에도 다른 음원 업체 등에 음반을 올리지 않는다면 정말 큰 손해가 일어난다. 그러니 영향력이 클 수밖에 없었다.

그 외에도 정치, 언론 단체 등 다양한 인맥도 있으며 찔러둔 뇌물도 많다.

그 덕분에 방송화류협회를 아무런 문제없이 오랫동안 유지할 수 있었으며, 협회장이 사장인 심성악이다 보니 그 밑에 간부진이 모두 혜택을 받을 수 있던 것이다.

다른 방송사나 기획사에 비해서 SU 엔터테인먼트 회원 숫자가 많은 이유였다.

“그거에 대해서 난 정말 이해가 가지 않는다 말이야.”

그는 분노도, 경계도, 의심도, 불안도 아니라 어떠한 감정 하나도 품지 않은 눈으로 김효준을 똑바로 쳐다봤다.

“아까 과거를 말할 때 네 얼굴과 눈동자는 진심이었어. 그걸 정말로 혐오하는 눈초리였지. 하지만, 네가 그렇게 증오하던 단체를 코앞에서 그냥 보고만 있던데……왜지?”

“그야, 이젠 내가 보상을 받을 차례니까.”

김효준의 눈에서 시커먼 무언가가 모습을 드러냈다.

"보상?"

"그래. 무명이었던 시절, 나랑 잔 늙고 구역질나는 놈년들의 비위를 맞춰 주고 몸으로 접대를 질리도록 했어. 그리고 시간이 지나, 내가 그 절대적인 '갑'의 위치에 올랐지. 그렇다면 그 시절에 대한 보상은 받아야 하지 않을까 해서."

"호오."

김효준의 말에 지우는 흥미가 동하는 모습을 보였다.

"꿈을 위해 아등바등 살아가는 이들, 하지만 아무리 노력해도 이뤄지지는 않아. 그 절망감에 허우적거리는 모습. 억지로 웃음을 팔며 어떻게든 살아가려는 모습. 이제 내가 그걸 볼 차례가 됐거든!"

웃음은 광기로 변색된다.

"그래서 양추선 그년이 정말 마음에 안 들었어. 내가 접근하려는 먹잇감을 그년이 툭하면 죽이곤 했으니까. 솔직히 그년은 성가시기만 했는데, 네가 대신 죽여줘서 개인적으로 너에게 고마울 정도야."

"대충 네가 어떤 놈인지 알 수 있게 됐다. 고맙다."

몸이 숙 들어가는 고급 소파에서 일어난다.

그리고 오늘부터 쭉 성가셨던, 몸에 딱 맞는 재킷을 바닥에다 벗어던지고, 넥타이를 푼다. 와이셔츠 단추 세 개 정도 푸니 이제 좀 살 것 같았다.

"난 다른 건 몰라도 본능은 정말 귀신같다고 생각해. 널 보고 썩 좋지만은 않은 놈이란 걸 알 수 있었거든."

목을 반 바퀴 회전하자, 우드득하고 요란한 소리가 울렸다.

"네가 날 발견한 건 아마 방송화류협회 덕분이었을 거야. 그렇지 않아도 내가 이리저리 헤집어 다니면서 죄다 고자로 만들었거든. 여하튼, 내가 이런 짓을 하게 된 건 윤소정 씨가 개인적으로 부탁하기도 했고……우리 쪽에도 몇 번 성 접대 강요가 들어와서 성가셔서 그랬어."

"그건 실로 안타깝군그래. 동맹을 받아들인다면, 세이렌만큼은 건들지 않겠다."

"아니, 네 얼굴을 보아하니 그건 좀 무리인 것 같은데. 네가 아까 소정 씨 얘기를 할 때 얼굴이 너무 인상적이라……."

주머니에 넣어 두었던 스마트폰을 꺼내, 누군가에게 메시지를 보냈다. 그리고 머리를 들어 다시 김효준을 봤다.

김효준은 히죽— 하고 음험하게 웃고 있었다.

그게, 정말 재수 없고 기분 나쁘게 보였다.

"만약 네가, 과거의 기억 때문에 성 접대를 막고 다니고 그랬으면 나도 조금 넘어갔을지 몰라. 난 착한 사람들한테는 좀 약한 면이 있어서."

빠직. 빠지직!

손끝에서 시퍼런 스파크가 튄다. 그 영향에 전등이 껌뻑, 껌뻑하고 꺼졌다가 켜지기를 반복했다.

"……하! 조금 똑똑한 줄 알았는데 그것도 아닌 모양이야. 내가 괜히 세븐 스타를 대화 장소로 택한 게 아니다. 오늘 투숙하는 사람들 숫자만 해도 족히 천을 넘는다. 우리가 싸운다면 많은 인명 피해가 날 텐데?"

"너, 나에 대해서 조사했으면 내가 어떤 인간인지 알고 있을 텐데?"

김효준이 어떤 힘을 지니고 있는지는 모른다.

하지만, 양추선과 비슷한 경력이라면— 그리고 한류 스타가 되면서 많은 부를 축적했다면 그 힘을 상당할 터.

게다가, 과거 양추선의 말에 의하면 대한민국의 다른 고객들은 대부분이 자신처럼 돈을 버는 데 집중하지 않고, 초능력 등에 돈을 투자한 것으로 보인다. 어쩌면 꽤나 규모가 커질 가능성도 있었다.

분명 이곳에서 난리를 피운다면 수많은 사람들이 다치고, 죽을 것이다. 그럴 확률이 높았다.

하지만.

"방금 박영만 사장에게 일을 핑계로 회사로 급히 돌아가라고 말했어. 그를 제외하고 이 세븐 스타에서 내가 아는 사람은 없으니, 그 사람만 휩쓸리지 않으면 그만이다."

"자기 사람 외에는 어떻게 되도 상관없다는 뜻이냐!"

"하지만 여기서 널 놓아주면 동맹 관계인 다른 고객과 힘을 합쳐서 올지 모르거든. 아마 지금이 널 죽일 수 있는 유일한 상황이겠지."

김효준의 이야기를 곰곰이 들으면서 정말 많은 생각을 하고, 고민을 했다. 그 결과가 바로 이것이다.

"그리고 이걸로 근처에 강태구라는 또 다른 고객이 없다는 걸 알게 됐다. 문제가 있었더라면 아마 당장이라도 튀어나왔겠지. 그러니 더더욱 이 기회를 놓칠 수 없어."

"……."

"넌 나에 대해 너무 잘 알고 있어. 아마 내 가족에 대해서도 알고 있겠지. 여기서 널 놓치면, 가족들이 위험해. 더불어 네 변태적인 성욕 때문에 소정 씨도 위험해. 난 천 명의 인명 피해를 아주 무시하는 건 아니야. 하지만, 이름도 얼굴도 모를 천 명보다는 내 사람들이 더욱 중요해."

소중한 사람, 특히 가족은 정지우라는 인간의 원동력이

다. 그게 무너지면 도저히 살아갈 자신이 없다.

오래전, 가족을 지키기 위해서라면— 가족을 위해서라면 뭐든지 하겠다고 맹세했다. 그건 변하지 않는다.

"크훗."

돌처럼 딱딱하게 굳었던 얼굴이 부드럽게 풀린다.

그리고 얼음이 다 녹아내린 빈 잔의 물을 털어버리고, 여전히 영롱하게 빛나는 황금색 액체를 쏟는다.

김효준은 술잔을 그대로 입 안에 털어 넣고 단번에 마셨다. 목 너머로 불꽃같이 강렬하고 뜨거운 맛이 느껴졌다.

"카하하하하하하! 나보고 착하지 않다거나, 방송화류협회를 비난하더니만 네놈도 나랑 별로 다를 것 없지 않느냐! 이 위선자 놈이!"

화르르륵!

아직 술이 잔뜩 남은 양주병이 화려한 불꽃과 함께 사라졌다. 비유가 아니라, 정말 아무것도 없는 공간에서 불꽃이 튀어나오더니 방 안의 산소까지 모두 먹어치웠다.

"난 내가 착하거나, 올바르다는 말은 단 한 마디도 하지 않았어. 멋대로 과대 해석하지 말라고, 이 변태……."

모든 감각이 활성화된다.

인간의 한계를 뛰어넘고, 말 그대로 초월하는 힘.

근육이 이완했다가 팽창하기를 반복한다. 퍼런 핏줄이 툭 튀어나와 야성적인 느낌을 뽐냈다.

알파에서 베타로 아우라가 전환된다.

뇌세포가 폭발하듯이 움직이고, 활발하게 움직였다.

심장이 두근두근 성난 소마냥 사납게 날뛰고, 말로 형용할 수 없는 기운이 몸속 깊숙한 곳에서 치솟았다.

모든 신경이 예민하게 날이 섰다. 오감이 극도로 진화에 몸에서 무슨 일이 벌어지는지 알 정도로다.

그리고— 힘이 모인 어떤 부분을 단번에 폭발시켰다.

“새끼야!”

설립된 이후로 어떠한 사고도 없었던 호텔, 세븐 스타.

그 역사와 자부심이 오늘부로 무너졌다.

제12장

바사비 샤크티 (Vasavi Shakti)

누군가에게는 하루를 정리하는 시간이, 혹은 웃고 떠들며 보내는 시간이, 또는 누군가에게는 사랑을 속삭일 시간이, 그리고 누군가에게는 업무적인 만남을 할 시간이 한순간에 아수라장이 됐다.

콰아아아앙—!

"꺄아아아악!"

지축을 뒤흔드는 굉음과 함께, 호텔 최상층에 위치한 방에서 폭발이 일어나면서 그 고요는 완전히 박살 났다.

불꽃이 악마의 혀마냥 넘실거리고, 매캐한 연기는 창문

에서 모락모락 피어올라 하늘을 뒤덮으려 했다.

띠리리리리리링—!

화재경보기가 시끄럽게 울어 댔다. 고막까지 툭툭 건드는 그 소리는 머리가 아파올 정도였지만, 화재경보기답게 그 효과는 발군이었다.

투숙객들이 그걸 듣자마자 방문을 열고 뛰쳐나와, 비상구나 엘리베이터 등을 통해 혼비백산하며 도망쳤기 때문이었다.

"Oh, shit!"

"火事だ！"

"在哪里礼宾？哪里出？"

대한민국 최고 등급 호텔답게, 손님 중에서도 외국인은 상당한 편이었다.

다양한 나라의 손님들이 모여 있다 보니 언어가 마구잡이로 얽혀 뭐라 하는지 해석하기도 힘들었다.

"콜록콜록! 이쪽입니다!"

누구는 얼마나 급했는지, 팬티 차림으로 나온 사람도 있었지만 어느 누구도 신경 쓰지 않았다. 의외로 속옷차림만 한 사람들이 제법 있는 편이었다.

어쨌거나, 투숙객들은 직원의 친절한 안내에 따라서 침

착하게 이동했다. 폭발이 일어나긴 했지만, 다행히 한 객실에서만 일어났기에 호텔 전체가 큰일이 나지는 않았다.

물론 그렇다 하여도 폭발에 놀란 사람이 많았고, 혹시 가스 폭발이라면 위험할지 모르니 조금이라도 빨리 피신해야만 했다.

*　　*　　*

"콜록콜록! 이 미친놈! 지입으로 인명 피해다 뭐다 하더니, 아주 화려하게 저지르고 있잖아!"

매캐한 연기를 들이마셨다가, 괜히 기관지만 상한 지우는 눈을 찌푸리고 거세게 기침을 토해 냈다.

쏴아아아아아.

머리 위로는 스프링클러가 열기에 반응하여 물을 폭포수마냥 쏟아 내고 있었다.

그러나 그 효과는 무척 미미했다. 아니, 미미한 걸 넘어서 단 하나도 도움이 되지 못했다.

그야, 이 폭발과 그 안에서 나온 불꽃은 인위적인 것이 아니라 비이상적인 물리법칙에 의하여 발현된 것이기 때문이었다.

'예전에 양추선이 원소 계열을 저항하는 상품을 지니고 있어서 고생했었는데……김효준을 예방해서인가.'

이제 막 붙을 준비를 하자마자, 김효준은 불꽃과 함께 폭발 세례를 쏟아 냈다.

만약 트랜센더스로 초월한 육체과 감각이 없었더라면, 거기에 휘말려 그대로 어이없이 목숨을 잃었을 것이다.

"정지우우우— !"

생각을 할 틈을 주지 않겠다는 듯, 부서진 문 바깥으로 뛰쳐나온 김효준이 달려들었다.

지우는 흠칫 놀라 뒷걸음질 쳤지만, 아무래도 김효준은 육체 능력도 상당한 듯 무시무시한 빠르기로 거리를 좁혀 왔다.

"왜 불러, 이 새끼야!"

신경질적으로 대답하고, 근력에서 뿜어져 나오는 에너지를 담아 일권을 내질렀다.

주먹은 정확히 김효준의 흉부를 후려쳤다.

"컥!"

김효준이 외마디 비명과 함께 뒤로 밀려났다. 제법 강한 일격이었지만, 이걸로 끝날 리가 없었다.

그 증거로 밀려났던 김효준이 지면을 박차고 스프링처럼

튕겨져 나왔다.

"죽엇!"

김효준이 일갈을 터뜨리며, 손을 내저었다.

그러자 아무것도 없는 빈 공간에서 손바닥만 한 크기에 원형으로 이루어진 불꽃 덩어리가 튀어나왔다.

"씨발!"

조금만 닿아도 몇 도 화상은 가볍게 생길 열기에 욕이 절로 튀어나왔다.

정면으로 저걸 받아치기에 부담스러운 그는 정신을 집중하여 텔레포트를 시도했다.

몸이 팟, 하고 사라지고 눈앞이 바뀌었다.

코앞에 김효준의 등이 보였다.

"어디, 이걸 맞고 살 수 있나 보자!"

빠지직 하는 전류음과 함께 시퍼런 스파크가 오른팔을 크게 둘러쌌다. 그 모양새가 꼭 전류로 이루어진 건틀렛을 착용한 듯한 모습을 보였다.

순수한 근력과 더불어 전류까지 두른 지우는 깨끗한 일직선을 그려내며 일권을 내질러 김효준의 등허리에 정확한 일격을 가했다.

"끄아아악!"

손끝에 확실한 느낌이 왔다.

팔에 두른 전류의 양도 상당했다

그 일격에 맞은 김효준은 비명을 내지르며, 그대로 앞으로 고꾸라져 바닥을 데굴데굴 굴렀다.

"아아악!"

비명의 출처는 김효준이 아니었다. 아직 대피하지 못하고 이제 막 문을 열고 나온 손님들이었다.

지우는 쯧, 하고 혀를 차며 그들에게 외쳤다.

"저쪽으로 쭉 달려가면 비상구가 있으니, 달려요!"

"W, What?"

하지만 불행하게도 문을 열고 나온 건 백인이었다.

"쌍!"

영어를 쥐뿔도 모르는 지우는 급한 마음에 그 백인의 뒷덜미를 붙잡고 출구 쪽으로 밀어내려했다.

"이제 와서, 뒤늦게 착한 척을 하고 있나?"

하지만, 그 행동은 곧바로 김효준에 의하여 저지당했다.

등 뒤에서 화려하게 회전하며 다가오는 불꽃의 회오리를 가까스로 피했다.

넘실거리는 불꽃의 파도 속에서 지우는 허, 하고 할 말을 잃었다.

"네놈이 뭘 알아?"

김효준은 열화가 치밀어 올랐다.

콰앙!

그의 심정을 대변하듯, 폭발과 함께 불꽃이 튀어 올랐다.

"어린 시절부터 꾹 참아온 인내심과, 노력을 아느냐? 그걸 고생 끝에 보상받고 싶다는데— 나에 대한 사정을 쥐뿔도 모르는데 뭘 알고 날 방해하는 거냐고!"

말이 끝나기 무섭게 김효준이 육탄 전차처럼 돌격해와 오른쪽에서 왼쪽으로 주먹을 내질렀다. 쐐애액 하고 파공음이 나는 걸 보면 그 위력은 제법 상당한 편이었다.

그 움직임을 예의 주시하던 지우는 한 걸음 옆으로 옮기는 것만으로 가볍게 피해 냈다.

그리고 왼쪽 다리를 축으로 삼아 몸을 빙글 돌리고 화려하게 돌려차기를 김효준에게 선사해 주었다.

정강이뼈가 적당한 속력을 더하자, 강맹해지며 김효준의 옆구리를 파고들어 후려쳤다.

"카악!"

고통스러운 비명을 흘리며 김효준이 옆으로 날아가 벽에 처박혔다. 그가 부딪친 벽은 쩍 하고 거북이 등껍질 마냥 갈라지더니 반원형의 크레이터가 파였다.

두 사람을 잠깐 비교하자면, 에너지를 방출하는 초능력 혹은 마법적인 위력 같은 경우는 김효준이 더 우세하다.

하지만 근력이나 속력, 전투 감각 등 육체적인 측은 지우가 좀 더 우세했다. 트랜센더스 덕분이었다.

다만 신경 쓰이는 점이 하나 있었는데, 김효준에게 타격을 가해도 약간 아파할 뿐 어떠한 상처가 나지 않는다는 것이었다.

'기본적으로 튼튼한 놈이다. 일렉트로 또한 통하지 않아.'

아까 들어간 일격에는 전력을 상당히 담고 있었다. 그걸 정통으로 맞고도 여전히 멀쩡한 걸 보니 생각보다 굉장히 튼튼한 모양이었다.

양추선의 경우엔 딱히 일렉트로를 쓰지 않고도, 초월한 육체 능력으로 가볍게 쓰러뜨리는데 성공했다.

그러나 김효준은 보기와는 달리 튼튼해도 너무 튼튼했다.

'역시 불리한 건 나다. 놈의 불을 견디기 힘들어.'

이마에는 땀방울이 송골송골 맺혔다.

피부를 붉게 달구는 열기에 숨을 쉬기도 벅찼다.

김효준이야 지우 자신이 전력에 내성이 있는 것처럼, 열기나 화염에도 멀쩡했다. 옷은 무슨 소재인지 화염을 쏟아내도 그을림 하나 없었다.

하지만 김효준과 맞붙고 있는 지우의 입장은 다르다. 그는 불에 대한 내성이 없다. 아무리 육체적 능력이 인간을 초월했다고 해도 자연의 힘에는 버티기가 꽤 힘들었다.

"대답해라! 내가 뭐가 나쁘다는 거냐!"

분노의 일갈과 함께 김효준이 손을 뻗었다. 그가 손을 뻗을 때마다 불줄기가 슥슥 뿜어져 나와 화살 비처럼 쏟아져 내리고 불똥이 튀었다.

콰지지직!

굉음과 함께 지면이 치솟았다. 비유가 아니라, 정말로 맨땅이 갈라짐과 함께 바닥이 돌 벽으로 변했다.

지면에 팔을 꽂고, 무식하게 들어 올려 화염 세례를 막아낸 지우는 머릿속을 광 회전시켰다.

'놈에게 주먹이나 발차기 등, 타격으로 데미지를 줄 수는 없다. 그렇다면…….'

"아아아! 분이 풀리지 않아! 그 개 같은 놈 년들을 내 손으로 죽였는데도, 더러운 기분이 풀리지 않는다고!"

마그마를 연상시키는 열기에 결국 천장이 녹아내렸다. 건물 잔해가 우수수 떨어져 바닥을 뒤덮었다.

김효준이 손바닥을 쫙 펼친다. 그 위로 어린아이 머리만 한 화염구가 나타나더니, 조금씩 조금씩 크기를 키웠다.

그걸 본 지우의 눈에 이채가 어렸다.

'형상화.'

마법처럼 영창이 있는 것도 아니고, 그렇다고 열화공(熱火功)에 속하는 무공의 부류도 아니다.

전자일 경우에는 설사 무영창 마법이라 할지라도, 마법 특유의 마력이 흘러나와야한다. 지우는 님프나 드워프를 통해서 그 에너지를 접한 적 있었다.

후자의 경우, 저렇게 마법처럼 화염구를 만들거나 하는 건 불가능하다. 무공이라면 권기(拳氣)나 권풍(拳風)을 통해 공격과 함께 쏟아 내야 했으니까.

'연료 없이 의사만으로 불을 발화시킬 수 있는 염화(念火) 능력……파이로키네시스(Pyrokinesis), 즉 초능력인가.'

지우가 짐작한데로, 김효준의 발화 능력은 일렉트로처럼 순수한 초능력이었다.

보통 파이로키네시스라 하면, 자기 몸이나 허공에서 도구 없이 발화 현상을 일으킬 수 있다.

또 연소에 필요한 연료가 없더라도 불길을 유지할 수 있고, 자신은 불에 의해, 혹은 자신이 만들어 낸 불에 한해 피해를 입지 않는다.

그 특징이 모두 김효준에게서 보였다.

'그렇다면!'

머릿속에서 어떤 방법이 떠오른다. 이를 실행하기 위해서 지우는 주먹을 쥐고 위로 크게 들었다.

그리고 김효준이 화염구를 완성시켜 던지기 전에, 있는 힘껏 바닥을 향해 주먹을 내리꽂혔다.

콰아아앙—!

주먹이 지면에 박힘과 동시, 콰릉하고 굉음과 함께 충격을 이기지 못한 땅이 아래로 푹 꺼졌다.

다행히 주변에서 비명을 나지 않았다. 이층에 있었던 투숙객들은 모두 미리 대피한 모양이었다.

위층에서 아래층으로 떨어지며, 두툼하게 나눠진 콘크리트가 서로 부딪치며 아래로 떨어졌다.

화염의 구를 던지려고 준비했던 김효준의 얼굴이 와락 일그러졌다. 약간 당혹스러운 기색이 언뜻 보였다.

지우는 그 틈을 놓치지 않았다. 상대가 당황하는 걸 보고, 생각했던 바를 행동으로 실행한다.

'때리는 게 소용없다면, 그 살과 피부를 찌르고 꿰뚫는다. 거기에 가장 알맞은 건……!'

우르르릉!

마른하늘에 우레가 내리쳤다.

전하 구름에서 쏟아져 나오는 전자가 손바닥 위에 모여, 뭉치고 형체를 이룬다, 그 모습은 한 자루의 창이었다.

다만 창의 모습은 일반적인 것과는 조금 달랐다.

원래 창이라 하면, 긴 자루에 날붙이를 매단 무기다. 쉽게 말해 날붙이와 자루가 결합된 아주 단순한 구조다.

하지만 그의 손바닥 위에 기다란 장신을 자랑하는 사 미터가량의 창은 그 재질이 모두 전기(電氣)로 되어 있다.

그래서 창끝과 자루를 나눈 의미가 없었다. 그 때문인지 창끝과 자루를 구분할 것 없이 모두 날이 선 하나의 병기로 이루어져 있었다. 참으로 괴이한 구조라 창이라 부르기도 뭐했지만, 그래도 모양새는 창과 닮아 있었다.

파이로키네시스 능력을 지닌 김효준을 보고 영감을 받아, 일렉트로를 이용해 형상화하고 창조한 번개의 창.

"만화에서 보면 이렇게 멋들어진 걸 보고 이름 붙이곤 하더라. 이를 위해서 신화 책 좀 읽었지."

주변의 불꽃과 열기를 모두 몰아내며, 시퍼런 빛줄기를 뿜어내는 창을 손바닥 위에 올려 둔 지우가 씩 웃었다.

"전광투창(電光投槍)"

그 창은 오직 찌르고, 꿰뚫을 목적으로 태어났다.

그렇기에 창끝은 어떠한 병기보다 뾰족하고 날카롭다.

또한 그곳에 압축된 에너지는 압도적이라 할 정도다.

시퍼렇고, 섬짓한 전기가 뭉친 한 자루의 창.

공중에 두둥실 떠오른 창에 힘을 잔뜩 주고, 한쪽 팔을 뒤로 쭉 당긴다.

"바사비 샤크티(Vasavi Shakti)!"

전력을 다해 창을 생성한 팔을 앞으로 힘껏 내저었다.

바사비 샤크티는 인도 신화에서 잘 알려진 뇌신(雷神) 인드라의 강력한 무기 중 하나인 무기이다.

신화에 따르면 인드라의 번갯불로 구성된 필멸(必滅)의 힘을 지니고 있으며, 단 한 번 밖에 쓰지 못한다는 일격창이라서 투창이라 불렸다. 그 이름에 알맞게, 바사비 샤크티의 위력은 무시무시했다.

지우가 전력을 다해 쏟아낸 번개의 창은 주변을 전자 단위로 소멸시키며 앞으로 쭉 나아갔다.

김효준은 그걸 보자마자 파이로키네시스로 방패를 만들려 했지만, 이미 늦었다.

정신을 차리니 번개의 창은 위에서 아래로 수직 낙하하며 코앞까지 다가왔다.

"무슨……."

시야 전체를 환히 밝히는 번개의 창을 보고 입을 다물지 못했다. 그의 얼굴 위로는 경악이라는 감정이 묻어났다.

방금 전까지만 해도 놈이 보였던 위력은 별것 없었다. 실제로 전력이 담긴 주먹을 맞았는데도 제법 아팠지만, 상처 하나 생기지 않았다.

그런데 갑자기 한 순간에 그 위력을 뛰어넘고 터무니없는 기술을 만들어 냈다.

이런 위력을 가진 기술을 가졌다면, 진작에 썼을 텐데 왜 지금까지 숨겨뒀는지 전혀 이해가 가지 않았다.

확실히 김효준의 생각대로였다.

원래 지우는 이만한 능력을 발휘할 수 없었다.

하지만, 김효준의 형상화한 초능력의 운용을 보고 충격을 받았다. 저런 방법이 있었구나 감탄하게 됐다.

그래서 그걸 카피하고, 정신을 집중하였다. 찌르고 꿰뚫는다는 것에 집착하고 소원하여 창을 생성했다.

그 원념 덕분에 지우에게 큰 변화가 일어났다.

원래 일렉트로는 상품 설명에서도 봤다시피 주인과 함께 성장하는 초능력이다. 특히 초능력은 체력이나 마력을 소진하는 것이 아니라, 정신력을 소모한다.

그렇다는 건, 강하고 굳은 정신력이 곧 힘이다. 의지가 곧 원동력이다. 그로 인해 초능력은 성장한다.

또한, 이토록 급속도로 성장한 것도 다른 이유가 하나 있었는데— 바로 트랜센더스의 시너지 효과였다.

트랜센더스는 직역 그대로 한계를 '초월' 하는 힘을 지녔다.

이 상품을 구입하자마자, 그는 일차적으로 일반인의 한계를 뛰어넘으면서 성장했다. 근력, 지구력, 속력, 체력뿐만 아니라 지적 능력은 아니지만 정신력 또한 진화했다.

그러다 보니 자연히 일렉트로 능력도 상승했고, 또 다른 초능력의 한계라는 것이 생겼다.

그리고 그 한계는 김효준의 운용을 보고 무언가를 깨달으면서, 그걸 초월(Transcendence)했고 순식간에 강해졌다.

"빛……."

바사비 샤크티를 보며 김효준은 멍한 얼굴로 중얼거렸다.

빛, 어렸을 적부터 봐 왔던 빛이었다.

아직 집에 묶여 있던 시절, 하루하루가 어둠이었다.

하지만 그 어둠 속에서, 음악 기기를 손에 쥐고 제목과 가사가 나오는 화면의 은은한 빛을 보고 행복해했다.

집에서 나오고, 데뷔하고 남들이 잠든 시간에 전등을 키고 열심히 음악에 매진했다. 빛은 언제나 노력을 가능케 해주는 무엇이 됐다.

'아아, 그래. 이런 빛을 보고 나는…….'

* * *

김효준이란 인간은 선악을 구분하자면 악이라 할 수 있다. 비록 어린 시절을 불우하게 보내고, 사회에 썩은 뒷면의 피해자였지만 — 그렇다고 이후의 행적이 용서받는 건 아니었다.

무명 가수였던 시절, 각종 성 접대를 나가고 자존심을 굽히면서 비위를 비췄다. 그때는 정말 지옥 같았다.

하지만 김효준은 포기하지 않았다.

이 노력이, 이 고통이 언젠가는 보상이 올 것이라 생각했다. 그래서 더욱 열심히 노력했다. 잠도 줄여갔다.

음반을 발매했다. 기뻐하면서 좋아했다.

이제 자신도 성공하고, 방송에도 나갈 수 있다고 생각했다. 그렇게까지 꿈에도 그리던 데뷔였다. 성공할 거라 믿었다.

하지만 그게 얼마나 철없는 생각인지 깨닫게 됐다.

김효준에게 가수로서 눈에 띄고 인정받을 수 있는, 천재적인 재능은 단 하나도 존재하지 않았다. 아이돌 그룹으로 들어오라는 권유가 있었지만, 노래를 못 부르고 춤만 추라는 말 때문에 거절했다.

'부부싸움에서 벗어난 어린 시절의 나처럼. 나와 같은 사람들에게 피신처가 될 음악을 하고 싶어.'

가수라는 꿈은 변하지 않는다.

김효준이 윤소정에게 닮았다는 건 거짓이 아니었다.

꿈을 위해서 포기하지 않고, 헌신적으로 노력한 것.

미래가 불확실해도 열심히 한 것.

그 점은 확실히 닮아 있었다.

그러나 다른 것이 있다면, 김효준은 자존심뿐만 아니라 인간의 존엄성부터 시작하여 모든 걸 버렸다는 것이다.

하지만, 그조차 보상받지 못했다.

시간이 흐르고, 모든 방법을 썼는데도 유명해지기는커녕 적자만 부르니 소속사에서도 김효준을 버렸다.

울었다. 눈물을 흘리며 절규했다. 세상을 원망했다.

그러던 어느 날 기적이 찾아왔다.

"앱스토어……?"

돈이면 뭐든지 할 수 있는 상품을 파는 곳이 나타났다.

김효준은 모아온 전재산을 이용해 상품을 구입했다.

꿈을 위해 미친 남자는 뭐든지 하려 했다.

이혼한 부모님을 찾아가서 돈을 요구했다. 부모님은 이미 각자 살림을 차리고 있었다.

그들은 받아들이지 않았다. 그리고 더 이상 우리 집에 접근하지 말라고 옛 아들에게 요청했다.

그들에게 있어 김효준은 지우고 싶은 과거 중 하나였다.

김효준은 그걸 듣고 허탈했지만, 그래도 눈앞에서 사라주는 대가로 돈을 받았다. 그 이후로는 가족과 영영 연락을 끊었다.

이후의 일은 쉬었다. 그 돈으로 제일 먼저 꿈을 이루기 위한 노래 실력, 압도적인 외모, 복근이 잡힌 몸매를 상품을 이용해서 만들었다. 그리고 '아우라' 라는 탐스러운 능력을 개화시키는 상품을 구입했다.

그 뒤로 다시 연예인으로 복귀했고, 튜브에 뮤비를 올려서 대박을 쳤다. 전 소속사가 러브콜을 불렀지만 죄다 무시했다. 이제 자신이 갑이 될 차례였다.

대형 소속사에 들어가고, 제일 먼저 할 일은 전 소속사 사람들을 찾아가 머리를 밟고 빌게 만드는 것이다.

그리고 그 소속사에 들어간 연예인들 모두를 노예로 만

들었다. 기분이 끝내줬다. 옛날의 자신을 거기서 보고, 이제야 노력에 보상을 받는다고 생각했다.

SU 엔터테인먼트의 사장이 방송화류협회에 들어간 걸 우연찮게 알게 되고, 그야말로 자신을 위해 있는 시스템이구나 하고 좋아했다. 심성악을 곁에서 은근슬쩍 도우며 쾌락에 빠져 살았다.

그러던 중 강태구와 양추선을 만났고, 앱스토어의 힘을 잃고 싶지 않아 서로의 이득을 위해 동맹을 체결했다.

강태구와는 사이가 그럭저럭 괜찮았지만, 양추선은 아니었다. 자기가 점찍은 여자를 툭하면 죽여 대는 미친년이라 생각하고 마음에 들어 하지 않았다.

그리고—.

"……쿨럭! 쿨럭쿨럭!"

피를 울컥 토해 냈다. 온몸은 만신창이었다.

풍성했던 머리카락은 모두 다 빠졌고, 민머리만 남았다. 게다가 전신 화상을 입어 피부는 흉측하게 변했다.

눈을 살짝 돌려 몸을 살피니, 온몸은 붕대로 감겨 있었다. 잘 감지 않은 부위에서 고름이 튀어 나오는 게 보였다.

"악마 같은 새끼……."

"자주 들어."

창문 하나 없는 비이상적인 공간.

LED 전등으로만 빛을 유지하며, 정신을 잃기 전까지 싸우던 정지우라는 고객이 형형한 눈빛을 보이며 위에서 자신을 내려다보고 있었다.

"차라리 죽여……."

무언가를 원하고, 광기에 일그러져 있었던 그 눈동자에는 빛이 꺼져 있었다. 죽은 동태 눈깔을 하고, 살 의지는 단 하나도 없이 스스로 파멸을 원하고 있었다.

죽기 직전, 어떤 수를 써서라도 살고 싶어 했던 양추선과는 비교적 다른 모습이었다.

"안 돼. 그 난리 통에서 괜히 널 데려온 게 아니야. 궁금한 게 몇 가지 있어. 잘 협조하면 죽여줄게. 얘기하지 않으면 넌 못 죽어. 이거 보여?"

그 부탁을 단호하게 거절하면서 지우가 손에 플라스크 병 하나를 꺼냈다. 그 안에는 분홍빛 액체가 일렁였다.

플라스크 병을 본 김효준은 하, 하고 질린 듯이 웃었다.

앱스토어의 고객이라면 저 병을 모를 리 없다.

대부분 고객이 혹시 모르는 상황을 대비하여 사 두는 상품. 포션이다. 저 악마는 정보를 불지 않는다면 계속 살려 두며 고문을 가할 생각이다.

"네 동맹관계인 강태구에 대해서 알려줘. 그리고 앱스토어에 대해서도 알고 싶은 게 많아. 원래는 양추선에게 물어보려고 했지만 그때는 경황이 없어 묻지 못했거든. 난 정보를 누구보다 더 원해."

"……나는 원래 앱스토어에 대해 그렇게까지 잘 몰라. 거기에서 나오는 상품에 대해서만 관심이 많았을 뿐, 목적이라거나 정체라는 등엔 전혀 관심이 없었다."

김효준에게 가장 중요했던 것은 어렸을 적부터 꿈꿔온 소망을 이루는 것과 어린 시절의 정신적인 보상이었다.

"그리고 양추선에게 물어봐도 잘 몰랐을 거야. 그 미친년은 나랑 비슷해서, 욕구를 푸는 등에만 집중했거든."

양추선 역시 김효준처럼 예쁘거나 잘생긴 사람에 대한 복수심을 원동력으로 삼아 살아갔다.

김효준은 그런 그녀를 좋아하지는 않았지만, 여러모로 비슷한 점이 많아서 어떤 인물인지 잘 알고 있었다.

"그럼 강태구는?"

"너나 그 사이비 교주를 제외하고 우리 둘을 모은 장본인이 바로 강태구다. 동맹 관계를 제의한 것도 그놈이고, 만약 타 고객을 만들면 적보다 같은 편으로 만들라고 시킨 것도 강태구지."

"흑막이라는 건가, 이해했다. 놈에 대한 정보를 더 알려줘."

"미안한 얘기지만, 나도 잘 몰라. 우리 동맹 관계는 적극적으로 손을 붙잡은 관계가 아니다. 콜록콜록!"

장기에 손상이 났는지, 김효준은 피를 울컥울컥 토해 냈다. 피 속에는 장기 조각이 몇 가지 섞여 있었다.

그걸 본 지우가 얼른 포션으로 치유하려 했지만, 김효준이 손을 내저어 이를 거부했다.

그리고 다 쉰 목소리로 힘겹게 이야기를 계속했다.

"나도 놈에 대해서 앱스토어를 통해서 조사를 해봤지만, 그가 10억을 내고 제한을 걸어서 알 수 없었어. 내가 알고 있는 것이라곤 사십 대의 중년남이라는 점, 그리고 지금은 잠시 한국에서 나가 외국에 있다는 것밖에 모른다."

"……쯧!"

지우가 대놓고 실망스러운 기색을 보이며 혀를 찼다. 그래도 김효준은 양추선과 달리 조금이라도 대화할 가능성이 보여 이런 자리까지 만들었는데, 소득이 별로 없었다.

"그렇다면 마지막 질문이다. 네 파이로키네시스나, 무식한 방어력을 제외하고 신체 외에 투자하여 도구 형태로 남겨진 상품. 어디다 숨겨뒀지?"

"크흐흐흐! 죽은 사람 상품까지 강탈하려 하다니, 완전히 날강도나 다름없어……."

힘없는 웃음을 흘린 김효준은 지우에게 장소를 가르쳐 주었다.

"알았다. 나중에 확인해서 없다면 저승에 찾아가서 네놈을 추궁할 거니 거짓이면 당장 솔직히 고하는 게 좋을 거야."

"사람 말 더럽게 안 믿는 걸 보면 너도 참 이상한 놈이야……죽기 전에, 너한테 물어볼 게 있어."

콜록콜록!

붕대로 둘러싸인 몸뚱아리 위에 시커먼 피가 뚝뚝 떨어졌다. 엉덩이 밑에는 이미 피 웅덩이가 생겼다.

눈살을 찌푸릴 만한 광경인데도 지우는 눈 하나 껌뻑하지 않고 머리를 끄덕여 물어보라는 제스처를 취했다.

"내가 그렇게 잘못했나……?"

"……아까의 그 질문이냐? 그게 그렇게 중요해?"

김효준은 슬픔과 증오가 뒤섞인 애절한 눈동자를 위아래로 흔들었다. 그리고 가뭄으로 갈라진 땅 마냥 다 쉰 목소리로 힘없이 질문을 던졌다.

"어린 시절, 아니 앱스토어를 만나기 전까지 노력했던

걸 그저 보상받고 싶었을 뿐이야. 그런데 그 행동이 그렇게까지 잘못했어? 난 그렇게 괴로웠는데…….”

“아까부터 신경 쓰였지만 너, 뭔가 크나큰 착각을 하고 있어. 과대로 해석하고 있다고.”

지우가 눈살을 찌푸렸다.

“난 딱히 네 행동을 비난하지 않았어. 네가 나와 가족들을 위협할 인물로 생각했기에 널 죽이기로 생각한 거지. 솔직히 네 철학관에는 아무런 관심도 없다고.”

김효준과 싸우기로 마음먹은 것은 별거 없다.

첫 번째, 김효준은 착한 사람과는 거리가 멀었다. 그래서 위험인물일지도 모르는 사람이라 생각했다.

두 번째, 만약 동맹 제의를 거절하면 살해당할 위협이 존재한다. 고객들은 대부분 서로를 좋지 않고 위험인물로 생각하기 때문이었다.

세 번째, 김효준은 윤소정을 노렸다. 그리고 방송화류협회를 통해 연예계 이들을 성노예화 하려고 했다. 그럼 세이렌도 포함되니, 당연히 피해를 입는다.

그 이상, 그 이하도 아니다.

딱히 미워하거나 악감정이 있는 것이 아니다.

그저, 위험하니까.

피해를 받기가 싫어 그걸 제지하기 위한 것뿐이었다.

"하……하하……겨우, 그런 이유로 이 난리를 치고 사상자를 냈나. 고작, 고작 그런 걸로……."

김효준은 정지우라는 인간을 이해하지 못한다.

그의 사상을 단 하나도 이해할 수 없었다.

김효준에게 있어 가족이란 그저 피만 이어져 있을 뿐인 타인일 뿐이었다. 꿈을 위해 명목적으로 달린 김효준은 가족애라는 것 자체를 모른다.

헌데 그 가족을 위해서, 만약의 가능성 때문에 마음이 걸려 아무런 상관도 없는 일반인들이 싸움에 휘말릴 것을 각오하고도 싸움을 걸다니. 무언가가 잘못됐다 생각했다.

아무리 가족이 소중해도 그걸로 살인까지 감수하다니.

그리고 살인을 했는데도 저 흔들림 없는 태도.

그 태도에서 김효준은 공포를 느꼈다.

"내가 널 우습게봤어……이렇게 봐도 난 적어도 누굴 죽이려고 한 적은 한 번도 없어. 오늘 이곳을 장소로 한 것도……이들을 인질 삼아, 네가 적어도 살인을 하지 않을 놈으로 생각하고 잡은 건데……."

"……."

"큰 착각을 했어. 넌, 양추선과 다름없는 미친놈이다."

지우는 긍정도 부정도 하지 않았다.

그저 침묵을 지킬 뿐이었다.

"넌, 기적을 이루는 그 앱으로 뭘 할 생각이지……?"

"돈."

그 질문에 지우는 생각조차 하지 않고 곧바로 답변했다.

"뭐?"

"돈을 벌 거야."

"……하, 하하! 하하하하! 끅끅, 쿨럭! 끄하하학!"

김효준은 입을 쩍 벌리고, 사정없이 웃었다.

피를 토하고 숨을 쉬기도 불편해 보였지만 광소를 끊지 않고 하늘이 떠나가라 웃어 댔다.

그리고 동정으로 가득한 눈길로 지우를 올려다봤다.

"꿈을 가지고 있지 않는 사람만큼 가엾은 사람은 또 없는데……."

"돈이 없다면, 꿈을 꾸는 것은 큰 사치다."

두 남자는 서로를 이해하지 못한다.

이해를 할 수 있는 노력도 할 수 없다.

그건 서로 너무 다른 길을 걸어와서 그렇다.

그 확고한 신념과 이상은 어울리지 못한다.

"꿈 없는 자에게 저주가 있으리……."

숨소리의 멈춤과 함께, 소멸이 시작한다.

영혼이 떠나려 하는 육체는 은은한 빛을 내뿜는 입자로 변하여 분해되고 흐릿해져 하늘로 두둥실 떠올랐다.

"아아, 노래 부르고 싶다……."

바닥에 뭉쳐 있던 피 웅덩이조차, '김효준'이라는 인간을 구성하고 있던 요소가 모조리 소멸하면서 주변을 밝혔다.

〈다음 권에 계속〉